아트로
세상을
바꾸다

20년 경력
아트 지도자가 전하는
예술의 길

─ 저자 배예리 ─

아트로
세상을
바꾸다

CHANGE

THE WORLD

20년 경력, 인아트 Ellie Bae 원장의 미대 입시 가이드

해외 입시
유학의
모든 것

아이비리그
미대 합격
팁

인아트,
꿈을 심는
일

문장은 악기의 울림처럼 우리와 공명한다. 솔직하게 써 내려간 저자의 경험담을 읽어 내려가면 온몸에 전율이 흐른다. 이 책은 미대 입시를 준비하는 누군가에겐 한 줄기 빛이 되고, 삶의 용기를 얻고 싶은 누군가에겐 열정의 씨앗이 되어줄 것이다.

— **박영선**(현 남가주 법률보조재단 변호사, 부에나팍시 시장 역임)

저자는 고요한 아픔의 시간을 스스로 감내해 온 사람이다. 거친 사계절을 견딘 나무는 자신만의 길을 개척해 비로소 울창한 숲이 되었다. 미국 아트 유학에 대한 실용적인 정보뿐 아니라, 삶을 촘촘하게 살아나가는 저자의 투지까지 엿볼 수 있는 책이다.

— **전미영**(남가주 한인미술가협회 회장)

아트로 세상을 바꾸어 나가고자 하는 그녀의 포부가 가히 놀랍고 아름답다. 이 책을 통해 누구나 삶의 시선을 확장할 수 있을 것이다.

— **전종무**(서울미술협회 이사장)

미국 아트 입시정보를 알짜배기로 담아낸 책이다. 낯선 타국에서 기반을 일구어 나간 저자에게 큰 박수를 보내고 싶다. 그녀가 내 동료인 것이 자랑스럽고 행복하다.

- 유니스 김(EK 갤러리 관장)

저자의 이야기는 삶의 어려운 시기를 겪는 이들에게 길을 열어줄 것이다. 감당하기 어려운 현실을 극복하고, 단련의 시간을 거쳐온 그녀에게 박수를 보내고 싶다. 용기와 도전의 아이콘인 그녀의 이야기에 푹 빠지게 된다.

- 남상필(전 수영 국가대표)

아이들의 꿈에
빛과 색을 더하는 일

　미래 사회 주역이 될 청년들의 집단 무기력 증세가 연일 가속화되고 있다. 고립, 은둔의 굴레에 갇힌 청년들이 늘어난다는 것이다. 몇 년 사이 심각해진 구직난과 물가 상승, 주거 문제로 청년들은 스스로 세상과 단절시킨다. 약 20년 이상 학생들을 가르쳐 온 사람으로서 이러한 현실이 안타깝고 속상하다. 동시에 아트 지도자로서의 나의 역할과 사명에 대해 다시금 생각하게 된다. 아트는 분명 세상을 이롭게 바꾼다.

　어린 시절 나 역시 가정환경에서 기인한 결핍, 기대에 못 미쳤던 진학 결과로 깊은 열등감을 느꼈던 적이 있다. 원하지 않는 결과를 받아들고는 세상은 왜 내 편이 아닐까 좌절하고 실망하기도 했다.

그러나 아트를 만난 뒤 좀 더 자유롭게 생각과 감정을 표현할 수 있었고 웅어리져 있던 마음이 풀어졌다. 색과 빛, 그리고 조형과 감각을 통해 사람과 세계와 비로소 소통하게 된 것이다.

인아트에 찾아온 학생들이 아트를 만난 뒤 눈에 반짝이는 빛이 감돌 때 나는 큰 희열을 느낀다. 삶에 의욕도 없고, 어두운 표정이었던 이들이 스스로 무언가를 창조해 내고, 하나씩 성취하며 조금씩 열정의 불꽃이 타오르는 것이다. 아트 속에서 학생들은 타인과의 경계를 허물고, 작품에 심취하며 자유롭게 유영한다. 아트를 가르치며 나는 인간의 능력에는 한계가 없고, 누군가의 손끝에서 완성된 작품이야말로 세상의 빛이 될 수 있다고 확신한다.

멕시코의 초현실주의 화가 프리다 칼로는 끝없는 신체적, 정신적 고통 속에서도 자화상을 그려 그 고통을 감내했다고 한다. 소아마비, 끔찍한 교통사고, 남편과의 불화 속에서도 왕성한 작품활동을 놓지 않은 것이다. 어쩌면 그림, 더 나아가 제 마음을 마음껏 표출할 수 있었던 아트가 그녀의 삶을 굳건하게 지탱해 주는 원동력이 아니었을까 추측해 본다.

미술 입시를 지도하며 숱한 상황적 어려움이 있는 학생들을 마주한다. 부모의 과한 기대, 낮은 자존감, 경제적 어려움 등 사연도 갖가지다. 그러나 나는 단 한 명의 학생도 포기하지 않는다. 아트를 통해 학생이 지닌 잠재력을 최대한 끌어내고, 성향과 미래를 고려한 최선의 선택을 하도록 돕는다.

프리다 칼로가 아트를 통해 상황적 어려움을 극복할 수 있었던 것처럼, 나 역시 학생들의 꿈에 색과 빛을 입혀 충분히 빛나도록 만들고 싶다. 그것이 아트 지도자로서 내가 해야 할 역할이자 책임감이다. 세상을 바꾸어 나갈 차세대 리더를 양성하며 우리 사회가 조금이나마 더 살기 좋고 아름다운 곳으로 변하길 바란다.

그래서 이 책을 쓰게 되었다. 내가 어떻게 아트 지도자의 길을 걷게 되었는지를 시작으로 학생들에게 도움이 되는 미술 입시정보를 구체적으로 담아냈다. 초반에 개인적인 이야기를 상세히 넣은 이유는, 미술에 대한 나의 집념과 끈기, 열정을 충분히 보여주기 위함이었다. 대단한 자서전이라기보다는 나처럼 평범한 사람도 부단히 노력해 기회를 쟁취했음을 글에 담아내고 싶었다. 이후로도 꾸준히 학생들이 꿈을 이루는 데 도움을 주며, 나는 살아 있음을 느낀다.

나의 오랜 미술 입시 경험과 노하우가 학생과 학부모에게 실질적인 도움이 되길 희망한다. 더 나아가 낯선 환경 속에서 외로움을 느끼고 있을 누군가에게, 끝없는 결핍으로 고통받는 누군가에게 이 구절이 용기가 되길 바란다. "Viva la vida(인생이여, 영원하라)" 프리다 칼로가 작품에 새겨 넣었던 구절처럼, 아트는 우리의 삶을 다채롭게 물들이고, 인생을 영원히 수놓는 것임을 기억하며.

목차

Chapter 2 **희망을 품으니
보이는 길**

Chapter

1

내 안의 가능성,
아트를 만나다

그림으로 이룬
작은 성공

4남매 중 둘째 딸로 태어난 나는 다복한 가정의 평범한 아이였다. 바로 위의 언니, 그리고 두 살 차이가 나는 여동생, 여섯 살 차이가 나는 남동생을 두었는데 그중 여동생은 성품이 좋아 어머니께서 많이 예뻐하셨고, 남동생은 집안의 유일한 아들이라 대우를 받을 수밖에 없는 상황이었다. 이런 현실 속 제대로 사랑받지 못한다는 느낌으로 점차 내 마음에서는 자꾸 어둡고 부정적인 감정이 자라났다. 그래서인지 어머니의 기대치에 미치지 못하고 잘 따르지 못하여 어머니의 걱정이 되어만 갔다.

그러던 사이에 언니는 굉장히 학업이 우수하고 똑똑해서 집에서 모든 지원과 집중을 받았다. 언니에 대한 열등감으로 자꾸 깊숙이 숨으려는 나를 보고 어머니는 그림을 시작하는 게 어떻겠냐는 권유를 해주셨다. 우연히 시작한 그림이 변화의 시작이었다. 모나고 어두웠던 나의 성격이 굉장히 좋아지기 시작한 것이다. 풀어내지 못한 마음을 그림으로 풀어내니 응어리졌던 마음이 많이 해소되었다. 동시에 그 당시 우연히 참여한 미술대회에서 큰 상을 수상하게 되었다.

이 경험을 계기로 나 또한 세상에 태어나 잘하는 것이 있고, 더 열심히 노력한다면 미술에서만큼은 일등을 놓치지 않을 수 있겠다는 확신이 들었다. 삶에 대한 의욕과 투지가 타오르기 시작한 것이다. 미술 분야에서만큼은 두각을 내고 싶어서 더욱 열심히 했고, 다른 분야에 비해 확연히 미술을 잘했기에 점차 몰입하게 되었다.

초등학생 때는 전교에서 가장 그림을 잘 그리는 학생이었고, 학교 대표로 여러 대회에 나가 수상을 거두며 자신감이 차오르기 시작했다. 이런 작은 성공의 경험은 자존감을 일깨우며 점차 다른 나를 만들어 나갔다. 그림을 그리며 마음이 많이 안정되고, 나를 표현하는 정확한 방법을 알게 된 것이다.

지금 와서 돌아보면 인생이라는 긴 여정을 그림 덕분에 지탱해 나갈 수 있었던 것 같다. 동시에 여기까지 온 가장 큰 원동력은 '결핍'이자 '열등감'이었다. 부족함을 인지하고, 우연히 만난 기회에서 성장의 가능성을 맛봤기 때문이다. 참 감사할 뿐이다. 미술을 만난 뒤 최고의 아티스트가 되겠다는 열망으로 그림을 그렸고, 그 꿈이 나를 지탱하고 살게 하는 원동력이 되었다.

현실의 도피처로
떠난 유학

　미술을 만난 뒤, 드디어 찾은 재능과 마음속에서 커지는 꿈으로 한동안 마음이 붕붕 뜬 것처럼 기쁘고 행복했다. 이후 그토록 소망했던 세계적인 아티스트가 되기 위해서 대학에서 미술을 전공하기로 마음먹었다. 부모님께서는 미술만큼은 열정을 가지고 끈기 있게 노력하는 나를 믿어주셨고, 진로에 대해서도 크게 반대하지 않으셨다.

　소극적인 면모의 내가 미술에 재능을 발견하고, 굳건하게 해내고자 하는 모습을 보고 두 분 다 감명을 받으신 것이다. 감사하게도 가정에서는 내가 미술에 전념할 수 있도록 도와주셨다. 학생 때부터 미술학원에 다니며 기초부터 철저히 닦아나갔다. 단 한 순간도 힘이 들거나 지칠 때가 없었다. 내가 가장 좋아하며, 잘할 수 있는 분야라 믿었기 때문이다.

고등학교에 진학하며 그 열정은 점차 커지기 시작했다. 다수의 수상 경험과 주변 분들의 인정으로 자신감도 차올랐다. 그렇게 대학 입시에 열중하던 중 고등학교 1학년 때 인생에 가장 힘들고 고통스러운 시간을 맞이하게 되었다.

연휴를 보내기 위해 떠난 가족여행에서 뜻하지 않았던 사고로 두 동생을 잃게 된 것이다. 이는 어린 내게 큰 충격이었으며, 한동안 그 슬픔에서 쉽사리 헤어 나오지 못했다. 한참 예민한 사춘기에 접어든 시기에 내 눈앞에서 죽음을 맞이한 두 동생이 생생했다. 그 순간이 계속 눈앞에 아른거리며 트라우마에 시달려야만 했다. 오른쪽 팔에는 큰 화상 흉터를 입게 되었고, 나 혼자만 살아났다는 죄책감에 시달리면서 1년 동안 병원에 입원해 있었다.

그때는 스스로 나를 괴롭히고 원망하면서 삶에 대한 의지를 내려두고 그저 숨만 쉬면서 살아갈 수밖에 없는 시기였다. 간신히 살아났음에도 생존에 대한 두려움으로 정상적으로 생활하는 게 쉽지 않았다. 병원 생활과 학업, 그리고 미술을 병행했던 고등학교 시절은 어둠과 절망으로 점철될 뿐이었다. 성적은 당연히 좋지 않았고 친구 관계도 원활하지 못했다. 그 고통스러운 시간을 버틸 수 있게 했던 유일한 것은 종교였다. 원래도 신앙이 있었지만, 아픔의 시간을 거치며 기도와 묵상 말씀에 더욱 집중했고 이것이 내가 지옥에서 빠져나오는 계기가 되었다. 자책과 죄책감 등 부정적인 감정에서 서서히 빠져나올 수 있게 된 것이다.

하지만 잠시 놓았던 대학준비로 미술 성적은 만족스럽지 못했고, 좋은 대학에 진학하기가 어려웠다. 결국 나는 기대했던 곳에 진학하지 못하고, 예상보다 낮은 곳을 진학하게 되었다. 아쉬운 입시 결과만큼이나 마음도 착잡했다. 특히 고등학교 친구들이 명문대학에 진학하는 것을 보며 부러움과 함께 속상한 마음이 들었다.

동시에 주변의 시선이 두렵고 앞으로 나는 어떻게 살아가야 할지 어디서부터 엉킨 실타래를 풀어야 할지 막막했다. 미래에 대한 고민이 커지던 와중, 도저히 한국에서는 그 길을 뚫고 나갈 자신이 없었다. 학벌에 대한 열등의식이 극대화될 때 나는 한국보다 해외에서 그 답을 찾고 싶었다.

유학 결심을 아버지께 말씀드리자, 처음엔 크게 반대하셨다. 하지만 내 결심이 완고할뿐더러 진지하다는 것을 아시고 이내 어쩔 수 없다시피 허락하셨다. 막연히 유학을 결정했지만 종착지는 정해두지 않은 상태였다. 당시 미국에서 박사과정을 하던 언니를 생각해 미국도 고려했지만, 평소 영어에 자신이 있지 않았기에 언어가 내 발목을 잡았다.

다만 고등학교 시절 배웠던 제2 외국어, 일본어가 떠올랐다. 꽤 흥미가 있었을뿐더러 일본어에 대한 두려움이 영어에 비해 비교적 덜했기에 일본 유학에 관심이 생겼다. 이후 기도와 집중의 시간을 통해 일본 유학을 준비하게 되었다.

물론 당시 유학을 준비하던 내 마음은 그리 편치 못했다. 비참한 현실에서 빠져나가기 위해 어쩌면 도피처로서 해외 유학을 택했고, 스스로 떳떳지 않은 것 같았다. 그러나 뒤돌아보니 그때의 도전이 참 잘한 판단이라는 생각이 든다. 낯선 곳으로의 해외 유학이 오히려 내가 더욱 단단해지는 계기가 되었기 때문이다. 오롯이 혼자인 상황 속 치열하고 도전적으로 사는 계기가 되어주었다.

분명 당시엔 암울하고 고통스러웠다. 그토록 바라왔던 유학이지만, 도착하고 난 뒤에는 전혀 예상하지 못했던 어려움이 닥쳤기 때문이다. 낯선 땅 일본에서 약 4년 정도 시간을 보내면서 난 더 큰 성장의 고통을 맛봐야 했다.

고된 현실 속
꺼지지 않는 불씨

부푼 꿈으로 가득했던 일본 유학은 첫걸음부터 쉽지 않았다. 특히 내가 유학하던 시기는 1987년부터 1991년으로 일본의 물가가 당시 가장 높게 치솟았던 때였다. 생활비가 너무 많이 들어 한국에서 받는 학비와 생활비만으로는 감당하기가 힘들었다. 그렇다고 타국으로 간 딸을 뒷바라지하고 계신 부모님께 더 큰 도움을 바라는 것도 어려웠다. 넉넉지 않은 형편에 두 딸을 지원해 주시는 부모님 사정도 힘이 들 것이 뻔했기 때문이다.

경제적 어려움뿐만이 아니었다. 타국 생활에 적응하는 데는 여러 한계가 있었다. 현지 사람들만큼 유창하지 못했던 일본어도 문제였지만 정신적 어려움 또한 컸다. 도와줄 사람이 아무도 없는 낯선 곳에서 처음부터 시작해야 한다는 것이 내겐 부담으로 다가왔다. 모든 것이 익숙했던 한국, 그리고 가족의 품에서 벗어나 처음으로 혼자서 모든 걸 결정해야 하는 시기를 겪고 있었다. 마치 컴컴한 동굴 속에 나 홀로 앉아 있는 것만 같았다. 도저히 빛이 보이지 않았다.

하지만 이내 초심을 생각했다. 휩쓸리는 파도에 쓸려가지 않기 위해 정신을 단단히 잡아야 했다. 지금 당장 할 수 있는 것들, 그리고 해야 하는 것들에 집중했다. 먼저 랭귀지스쿨 과정을 비교적 짧게 끝낸 뒤, 일본어 능력 테스트를 받았다. 그 뒤 대학으로 편입하려는 시점에 아르바이트를 구하게 되었는데, 무려 세 가지 일을 병행했다. 비교적 전공과 관련이 있는 주얼리숍 보조, 학생 과외뿐 아니라 일본어에 실력이 생기며 통역 아르바이트까지 하게 된 것이다.

당시엔 하루에 3~4시간 정도 잠을 자며 고된 시간을 보냈다. 학교와 아르바이트 등을 마치고 귀가해도 실기과제를 하기 위해 밤새는 일이 허다했다. 아무리 해도 끝이 나지 않는 일을 공부와 병행하며 나를 많이 소진했다. 당시 나의 소원은 하루라도 잠을 실컷 자보는 것이었다. 쏟아지는 잠을 물리치면서도 현실의 벽을 뚫기 위해 나는 이리저리 뛰어다녔다.

일본이 마냥 좋을 수만은 없었다. 그토록 바랐던 유학길이었으나 고단한 시간의 연속이었고 계속 뭔가를 해내고, 증명해 내야 한다는 강박관념이 내 안에 자리 잡고 있었다. 그 시절로부터 약 30년 정도의 시간이 지난 후에 일본에 딸과 함께 방문한 적이 있다. 살던 집 근처에 가서 이십 대를 되돌아보니 교통비를 아끼기 위해 새벽부터 학교를 걸어갔던 추억이 떠올랐다. 당시 동경의 메지로역에서 시부야역까지 약 2시간 정도 소요되는 길이었다. 그땐 그랬지 하며 이제는 웃으며 이야기할 수 있다는 것이 새롭다. 그 시간이 무척 힘들었음에도 이겨내고 지나왔기에 지금의 오십 대를 마주할 수 있다고 생각한다.

내가 입학한 '동경 히코 미즈노 주얼리칼리지'는 당시 주얼리, 신발, 가방, 시계 디자인에 특화된 학교로 우수한 커리큘럼과 높은 취업률을 자랑하는 학교였다. 어린 시절부터 닦아온 미술 실력으로 입학할 때는 실패 없이 한 번에 합격할 수 있었다. 대학 시절 열정과 호기심이 많았던 나는 되도록 다양한 경험을 하려 노력했다. 학교 내부 시설을 적극적으로 활용하고 공작 기계, 그리고 창의적인 작품 등을 만들며 실력을 쌓아나갔다. 물론 처음부터 전공과 딱 맞았던 것은 아니다.

내가 전공한 주얼리 디자인은 고도의 섬세함을 요하는 분야였다. 당시 나는 그리거나 만드는 것은 잘했지만, 디테일이 부족했기에 전공과 성격이 맞지 않는 부분도 분명 있었다. 주얼리의 종류에 따라 표현기법이 달라야 했고, 각 부분의 섬세한 치수를 표시한 도면 역시 작성해야 했다.

제품을 구상하고 아이디어를 스케치하며, 만드는 데는 재능이 있었으나, 꼼꼼함과 정확도가 떨어지는 나의 능력에 스스로 실망할 때가 한두 번이 아니었다. 각종 디자인 묘사에 아주 세밀한 수치 등이 필요했기 때문이다. 하지만 포기하지 않는 것 또한 내가 가진 능력이었다. 전공과 딱 맞는 성격이 아니었음에도 목표에 대한 집념과 노력으로 중간 이상의 성적을 꾸준히 유지할 수 있었다. 맞지 않는 전공이라는 것을 깨달았을 때, 이미 돌리기 늦었다고 생각했기 때문이다.

내가 가진 장점에 조금 더 집중해 힘든 상황을 돌파하고자 노력했다. 이런 나의 자전적 경험은 지금 대학에 진학하려는 학생들을 지도할 때도 큰 도움이 되어준다. 학생들의 적성에 맞는 학교와 전공을 찾는 데 가장 많은 노력을 기울이기 때문이다. 내가 겪었던 길이기에, 아이들은 그 실패를 답습하지 않도록 도와주고 싶다. 외롭고 고독했던 일본 유학 속에서도 분명한 깨달음은 있었고, 그 호된 가르침이 지금의 나를 만들었다.

드디어 거머쥔
데뷔 기회

그림을 시작했던 어린 시절부터 단 한 번도 놓지 않았던 꿈이 있었다. 그건 바로 나의 이름을 내건 작품을 전시하는 '전문 아티스트'로서의 삶이었다. 일본 유학에서는 직업을 가지기 위해 적성에 꼭 맞지만은 않았던 주얼리 디자인을 전공하는 수밖에는 없었지만, 마음 깊숙한 곳, 작가가 되고 싶다는 불씨는 계속 타오르고 있었다. 꺼지지 않는 열정을 계속 외면할 수만은 없었다. 내가 할 수 있는 상황에서 최선을 다해 기회를 잡기 위해 노력하고만 싶었다.

하지만 현실의 장벽은 생각보다 높았다. 당시 일본 유학을 마치 자마자 한국에 곧바로 돌아가야 했는데 그건 죽기보다 싫었다. 작가의 꿈을 이루기 위해 미국을 가고 싶었지만, 부모님의 극심한 반대에 도저히 미국은 생각조차 할 수 없었다.

반포기 상태에 있을 때 미국에서 박사과정 중에 있는 언니를 통해 지금의 남편을 만나 결혼했다. 동시에 미국에 가게 되었고 단란한 가정을 꾸렸다. 가정을 꾸려 행복했음에도 가슴 속에는 무언가 꿈틀대는 욕망이 있었다. 결혼과 출산으로 개인적인 작가로서의 꿈은 계속 내게서 멀어져만 갔기 때문이다.

어릴 적 친구들은 종종 나를 '드리머'라고 불렀다. 어린아이치고 나의 꿈이 굉장히 확고할 뿐 아니라 늘 꿈을 꾸는 소녀였기 때문이다. 이루지 못한 욕망의 꿈들이 가슴 밑바닥부터 솟구쳐 올라왔다. 그림을 공부했던 경험을 살려 뭐라도 하고 싶은 마음이었다. 현재 상황에서 내가 할 수 있는 것부터 차분하게 시도하려고 했지만, 쉽게 기회가 찾아오지 않았다.

가정일과 육아를 병행하며 다시 그림 공부를 시작했다. 세라믹을 전공하며 도자기를 만들고 굽고, 그 위에 그림을 그리기 시작한 것이다. 하고 싶던 분야로의 전문 공부였기에 기뻤지만, 여전히 작가로 데뷔할 수 있는 기회는 너무 멀리 있었다. 세상에는 정말 재능이 뛰어난 작가들이 많았고, 그 기세에 눌려 위축되기도 했다. 그러나 굴복하지 않고 나는 그동안 만들었던 작업물을 모아 포트폴리오를 만들어야겠다는 생각이 들었다. 엉성하게나마 나의 이력을 보여줄 작업물을 만들고 싶었기 때문이다.

그렇게 만든 포트폴리오를 갖고 갤러리에 직접 방문해 작품을 홍보하고 작가들의 모임에도 적극적으로 참여하여 호시탐탐 전시를 할 수 있는 기회를 잡으려고 했다. 절실함과 간절함은 기회를 만든다. 이런 열정이 느껴져서인지 2014년, 지인분의 소개로 기프트 그룹전에 참여하게 되었다. 그 그룹전에는 꽤 인지도가 있는 작가들이 참여했는데 갑자기 공석이 나게 되어 내게 귀한 제안이 온 것이다.

골똘히 디자인을 고안하다 내 장점인 세라믹 기술을 활용해 접시를 만들었다. 그 후 가장자리에 이색적인 디자인을 넣어 완성해 냈다. 결과는 대성공이었다. 기프트 그룹전에서 완판이라는 놀라운 결과를 이끌어 낸 것이다. 같은 작가들 사이에서도 두각을 나타낸 첫 번째 경험이었다. 꽤 그럴싸한 첫 데뷔 기회를 잡은 것이 꿈만 같았다.

작가로서의 첫 데뷔를 하게 된 곳은 산타모니카에 위치한 '버가먼 스테이션'이라는 곳이었는데 최고급 작품을 모아놓은 곳이었기에 꽤 유명했다. 그 시절 버가먼 스테이션에서 전시를 하는 일은 꽤나 까다롭고 힘든 일이었다. 평소 자주 교류하던 잡지사 편집장님이 나의 열정과 성실함을 어여쁘게 여겨 버가먼 스테이션에서의 기회를 제안해 주신 것이다.

그동안 발로 뛰며, 기회를 찾으려 노력한 보람이 있었다. 지금 와서 생각해 보면 물론 실력도 실력이지만, 타이밍과 귀한 인연, 운이 많이 따라주었다. 그동안 바라왔던 꿈의 시작이라는 생각에 가슴이 두근거리고 행복했다. 데뷔 때를 생각하면 아직도 가슴이 두근거린다. 작은 성취는 그다음 도전으로 가는 디딤돌이 된다. 그 이후 나는 한미 작가 협회, 일명 'KAASC, 남가주 한인미술가협회'의 정회원이 되었고 한동안 많은 전시를 소속 작가들과 함께했다.

본격적인 작가활동,
길을 개척해 나가다

작가로서 첫 물꼬를 튼 이후, 약 10년간 다양한 작품활동에 몰입하고, 전시회에 참여했다. 당시엔 시간을 쪼개가며 그 누구보다 열정적으로 삶을 살았던 것 같다. 많게는 한 달에 2~3개의 전시를 동시에 참여했는데 장소가 세계 각지로 굉장히 다양했기 때문이다. 내가 유학했던 일본뿐 아니라, 프랑스 파리, 스페인 마베아에서 아트페어 전시가 열렸다. 또 뉴욕, LA, 마이애미 등 전 세계에서 열리는 아트페어에 수년간 참여할 수 있었다.

가장 인상 깊었던 것은 나의 고국 한국에서의 초대전인데, 특히 갤러리 위 청담에서의 전시회가 아직도 생생하다. 고국에서의 전시는 내게 남다른 의미였다. 애써 떠나온 곳이었음에도, 늘 마음 한편에 그리움이 있었기 때문이다. 도망치듯 떠나왔지만, 작가로서 다시 경력을 쌓아 돌아가는 길은 새로웠다. 고향의 품은 달콤했고, 따뜻했다.

그렇게 작가의 꿈을 이룬 뒤, 우연한 기회에 갤러리를 인수했다. 갤러리 클루(Gallery CLU)를 운영하면서 내가 시도하고 싶은 많은 전시를 기획하고 전시를 할 수 있었다.

| 갤러리 CLU | 갤러리 CLU 전시 작품

동시에 예술교육전문기관인 인아트(Inart) 운영을 시작했다. 아이들에게 아트를 가르치며, 미래의 새로운 가능성을 열어줄 수 있다면 더없이 뿌듯할 것이라는 생각이 들었다. 학생들 입시에 굉장한 열정을 가지고 일하던 차에, 새로운 문제에 부딪혔다.

예술을 전공한 나의 제자뿐 아니라 함께 인아트 강사로 일하던 젊은 아티스트들이 경력을 쌓을 기회가 많지 않았기 때문이다. 마치 예전의 나를 보는 것만 같았다. 그들은 인지도가 낮고 경력이 짧기에, 어디서부터 어떻게 아트 경력을 시작해야 할지 고민하고 있었다.

내게 어렵사리 털어놓는 그들의 고민을 너무나 잘 알고 이해했기에 그들을 도와 젊은 작가들을 서포트할 수 있는 비영리 단체 'BIAA(Beloved In Art Association)'를 기획했다. 새로운 단체를 만드는 것은 아무런 바탕이 없는 도화지에 스케치부터 그려나가는 것과 같다. 처음에는 힘들고, 지칠 때가 있었지만, 젊은 작가들에게 기회와 경험을 줄 수 있겠다는 생각으로 투지가 불타올랐다. 후배, 동료들도 열정적으로 함께 도와주었다.

끊임없이 함께 작품을 전시하고 크리틱을 하다가 드디어 기회가 찾아왔다. 유명한 아트페어에 BIAA가 초대받게 된 것이다. 당시 아트페어는 갤러리나 협회가 아니면 참여가 어려운 실정이었다. 게다가 보통 길어도 일주일간 진행되는 아트페어는 참가비가 비싸서 쉽게 나갈 수 없었다.

| BIAA 전시 기획 | BIAA 전시 작품

갤러리 전시의 경우 대관과 초대전으로 이루어지는데, 좋은 전시관일수록 대관보다는 초대관으로 이루어지는 실정이었다. 대부분이 작가가 초대전으로 작품을 선보이고 싶어 했으니 당시 우리에게 주어진 기회가 얼마나 귀하고 소중했는지, 지금 생각해도 뭉클거린다.

이 아트페어를 통해 인지도가 낮았던 작가가 점차 인기를 얻었고, 그 힘으로 BIAA 멤버들은 서로를 더욱 이끌어 줄 수 있었다. 작품 참여 기회조차 얻지 못했던 후배들이 로컬뿐 아니라 명망 있는 국제 전시와 아트페어에 참여할 수 있다는 게 감동적이었다. 이것은 나 혼자가 아닌, 여러 작가 동료가 한마음으로 협업해 이루어 낸 가장 큰 성과였다.

이후에 CXU 갤러리라는 곳도 인아트 내에 오픈했다. 현재 이곳은 전문작가 전시보다는 학생 전시를 주로 하는 갤러리로 쓰이고 있다. 학생들의 전시 기회를 넓히고 그들의 잠재력을 발굴하기 위함이다.

코로나 상황을 겪으며, 여러 상황적 어려움으로 기존 BIAA 갤러리 운영이 멈추었던 때가 있다. 현재도 비록 예전만큼 활발하게 운영되지는 못하지만 아트에 대한 모든 이들의 열정이 멈추지 않았기에 2022년 기존의 멤버를 다시 모아 활동 중이다. 아직은 미비하지만 분명 크게 될 것이라 믿고 있다. 단체를 설립했지만, 이제 능력이 있는 또 다른 후배이자 리더에게 자리를 내어주고 이끌어 나가도록 하려는 것이 또 하나의 목표가 되었다.

시련 속에서
피는 꽃

    학원을 찾아온 아이들은 정말 다양하다. 미술에 특출한 재능이 있거나 관심이 있어서 오는 경우도 있지만, 삶의 의욕이 없거나 부모의 손에 이끌려 오는 경우도 있기 때문이다. 그런 아이들에게서 어쩌면 나의 어린 시절을 마주한다. 그리곤 내가 아트를 만나 희망과 꿈을 갖게 되었던 것처럼 그들의 눈망울에도 반짝이는 빛을 선사하고 싶다. 그리고 막막한 현실, 시련 속에서도 꽃이 핀다는 사실을 전해주고 싶다.

    첫 번째 챕터를 정리하며, 내가 왜 이토록 아트에 열정적이었는지, 지금껏 나를 지탱해 온 것들은 무엇이었는지 면밀하게 마주할 수 있었다. 평범한 가정의 4남매 중 둘째로 자라난 나는 어릴 적부터 부모님의 관심과 사랑을 받지 못한다는 생각이 강했다. 뛰어난 형제, 자매에 눌려 자존감이 낮기도 했다. 하지만 유일하게 내가 잘하는 재능인 미술을 만나게 됨으로써 자신감, 자아 효능감이 생겼다. 누구나 갖고 태어난 재능 하나씩은 있다. 세상이 아무리 괴롭고 외롭더라도 나에 대한 믿음만 있으면 부정적 감정을 헤쳐나갈 수 있다고 확신한다.

인생의 가장 큰 어려움을 순차적으로 되짚어 보자면 너무도 많았다. 그중에서도 내 인생에 지대한 영향을 미쳤던 것은 두 동생의 죽음이었다. 가족여행 중 호텔에서의 화재 사고로 눈앞에서 그들을 잃었다. 삶의 의지를 잃고 죄책감과 함께 내내 큰 고통 속에서 살아야 했다.

입시 실패로 도피하다시피 떠난 일본 유학길, 성향과 맞지 않았던 전공 역시 큰 어려움이었다. 결핍과 부족함 속에서도 이 삶을 살아내야겠다는 굳건한 의지와 열정을 되새겼으며, 현실을 바꾸려 노력했다.

특히 내 전문 분야는 페인팅이 아닌, 주얼리 디자인, 세라믹 등 만드는 것에 더 근접해 있었다. 당시 주류였던 페인팅에서 먼 분야이다 보니 작가가 되기에 분명한 한계 또한 있었다. 아트 내에서도 비주류인 분야를 전공하며 소외되거나 위축될 때도 있었지만 나는 포기하지 않았다. 내가 설 자리가 무엇일까를 생각하면서 창의적인 분야를 찾아 헤맸다. 다행히 응용력이 있어서 전통 도자기를 만들기보다는 여러 가지 재료들을 사용하여 나만의 영역을 만들어 나갔다. 이후 어셈블러지 아트, 믹스미디어 크라프트 등을 표현하는 아티스트로 자리매김할 수 있었고, 특이한 작품으로 많은 사랑을 받을 수 있었다.

나를 둘러싼 현실적 제약과 한계에 굴복해 포기하면 내 앞에 어떠한 미래도 없었을 것이다. 그러나 일어설 수 있었던 것은 결핍을 채우고자 하는 욕구, 한계를 극복하려는 강한 의지가 있었기 때문이다. 두 동생의 몫까지 살기 위해 열심히 달려왔던 것도 같다.

아이들을 가르치는 지도자로서 절실함과 간절함, 목표에 대한 의지를 자주 전하는 편이다. 마음가짐에 따라, 과정에 따라 결과가 바뀔 수 있다는 것을 알려주고만 싶다. 아트라는 새로운 꿈이 생겼을 때, 공허했던 그들의 눈에, 더 나아가 삶에 반짝이는 빛이 어릴 것을 분명히 알기 때문이다.

Chapter

2

희망을 품으니
보이는 길

기회의 땅
미국

누구에게나 인생의 전환점이 찾아온다. 이때 어떤 자세를 취하느냐에 따라 기회가 될 수도, 그저 현실에 안주하게 될 수도 있다. 인생에서 내게 가장 큰 기회가 되었던 일을 생각하자면, 결혼과 함께 미국으로의 이민이었다. 일본 유학이 마무리될 무렵, 비자 문제로 한국에 돌아가서 취업하거나, 일본에 더 머물며 비자를 이어갈 만한 이유를 찾아야 했기 때문이다. 아직 아무것도 이루지 못한 채 한국에 돌아가 맞지 않는 일을 하는 것은 끔찍했다. 일본에 남아 더 공부하고 싶었지만 넉넉하지 않은 사정 때문에 그 또한 내게 가능하지 않은 것 같았다. 경제적 어려움은 현실이었으니 말이다.

그러던 중 미국에서 공부하던 언니의 소개로 남편을 만나게 되었고, 미국에 있는 남편과의 결혼을 통해 미국에 갈 수 있는 길이 열리게 되었다. 짧은 연애를 거친 뒤 결혼했는데, 그 당시의 나는 왠지 들뜨고 설레는 기분이 가득했다. 기회의 땅 미국에서는 나의 꿈을 펼칠 수 있을 것 같은 다양한 기회가 있을 것만 같았기 때문이다. 그렇게 새로운 도전, 포부를 가득 품고 첫발을 내디뎠다.

당시 남편이 오리건주립대학에서 원자력공학 공부를 하고 있었기에 나는 미국의 번화가나 도심이 아닌, 코발리스라는 작은 시골 마을로 가게 되었다. 그곳은 생각했던 모습은 아니었지만, 푸른 자연과 아름다운 마을이 어우러진 소담한 곳이었다. 영어에 자신이 없었고, 언어 문제로 오랜 시간 고생했기에 미국에서 랭귀지스쿨을 다니며 부단히 공부했다. 언어 클래스를 듣고, 학습하는 과정이 쉬웠던 것만은 아니다. 하지만 내가 잘할 수 있는 아트를 널리 펼쳐보겠다는 소명을 갖고 있었기에 언어적 한계를 극복하고 새 환경에 적응하는 것 즈음은 참고 견딜 수 있었다.

동시에 나와 남편은 둘 다 학생 부부여서 경제적으로 큰 여유가 없던 상황이었다. 그래서 새로운 일을 시작했다. 오리건주립대학에 유학을 온 한국 학생의 자녀나 주변에 아트를 배우기를 원했던 학생들을 대상으로 가르치기 시작한 것이다. 당시 강의실은 집에서 작은 책상을 펴서 가르치는 것처럼 아주 소박했다. 그러나 내 안에선 조금씩 희망의 빛이 켜졌다.

초반에 학생 수가 많지는 않았지만, 한 학생마다 정성을 쏟고 열정적으로 강의하니 점차 수강생 수가 늘어나기 시작했다. 당시엔 가르치는 것보다 나만의 것을 만드는 일, 작품에 집중하던 터였다. 경제적 필요로 시작한 아르바이트 개념이었음에도, 학생들이 점차 늘어나니 신기하고 뿌듯했다.

그때 내 재능이 누군가를 가르치는 데 있다는 것을 깨달았고, 그 재능을 키우기보다는 오히려 외면하고 더 커질까 염려했다. 변함없이 전문 아티스트가 되는 것을 소망했기 때문이었다. 하지만 뒤이어 딸을 임신하고 출산했다. 또한 남편이 캔자스주립대학으로 가게 되어 캔자스주에 잠시 머물러야 할 때도 있었다.

가정을 꾸린 뒤 병행되는 일들로 개인의 성취는 살짝 미루어 두어야 했다. 현실적 상황에 밀려 계속 나의 계획은 수정되거나 미뤄져야만 했던 것이다.

그럼에도 나는 그 속에서 꿈을 놓지 않고 가슴에 품고 있었다. 이후 남편이 캘리포니아 LA에서 직장을 잡고 난 뒤에야 미국에 제대로 자리를 잡게 되었다. 꿈에 대한 열망은 그대로였지만, 여러 변화되는 상황 속 나의 미래가 불투명하다고 느껴졌다. 주부, 그리고 엄마로서 역할이 컸기 때문이었다. 단란한 가정을 꾸린 것은 행복했지만, 개인적인 성공에 대한 마음이 상충하고 있었다. 복잡했던 마음을 달래기 위해 무엇이라도 해야만 했다.

이대로 아티스트의 꿈을 내려놓을 수 없었다. 여러 파트타임을 거쳐 1999년 LA 코리아타운에 작은 작업실을 오픈했다. 규모는 작았지만 작업실에 들어가는 렌트비, 작업물을 만드는 비용 등을 감당해야 했기에 학생들을 가르치는 일을 시작했다.

다시 원점이었다. 미술학원으로 사업자 등록을 내고, 학생들을 모집했지만 처음에는 학생들이 오지 않아 마음이 힘들었다. 발 벗고 나서 열정적으로 학생들을 모집했고, 이후 한두 명씩 오기 시작했다. 최선을 다해 가르치니 입소문이 나서 학생들이 몇 배로 늘기 시작한 것이다.

새로운 상황 속 나의 꿈을 지탱해 주었던 일은 바로 교육이었다. 낯선 곳에서 터전을 잡을 때조차도 아트는 늘 내 곁에 있었다. 학생들에게 아트를 가르치고, 가이드를 주며 내가 점차 이 분야에 재능이 있다는 확신이 들기 시작했다.

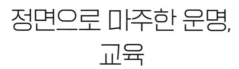

정면으로 마주한 운명,
교육

　LA 코리아타운에 위치한 나의 작업실 겸 미술학원은 날이 가면 갈수록 규모가 커졌다. 운이 좋게도 입소문을 타고 많은 학생들이 생긴 것이다. 그럼에도 내 마음은 정처 없이 방황했다. 창작과 교육 사이에서 균형을 어떻게 맞추어야 할지 고민이 들었기 때문이다. 쉴 새 없이 학생들을 가르치다 보니 과연 내 꿈을 어디에 두어야 할지 막막했고 인생의 방향을 잃은 것 같았다. 지금까지 성공적으로 잘 일구어 왔으나 앞으로도 반복해서 할 자신은 없었다. 마치 무한 루프에 빠진 로봇처럼 매너리즘을 느끼고 있었다. 타성에 젖은 삶에서 벗어나고 싶었다. 심신이 모두 지쳐 있던 상태에서 잠시 학원을 접고 남편의 권유로 프랜차이즈 비즈니스인 '컬러미마인'을 인수하게 되었다.

컬러미마인은 도자기 초벌구이에 그림을 그려 집에 가져가는 형식의 비즈니스로 그룹파티나 배우는 것에 목적이 있기보다는 일반인들도 취미로 와서 하는 세라믹 스튜디오였다. 새로운 영역으로의 도전을 시작한 것이다. 전에 내가 주로 가르쳐 왔던 한국계 미국인 학생들보다는 다른 인종의 사람들도 오는 곳이라 다양한 경험을 할 수 있다는 것이 좋았다. 특히 미국에서 내가 전공한 분야라는 자신감도 있었다. 등급별로 4개의 반을 나누어 맞춤별로 관리하니 확실히 결과도 좋았다. 가장 낮은 반에서는 이미 초벌구이를 해놓은 도자기 위에 학생들이 그림을 그려 가져가는 형식이 었는데, 특히 만족도가 높았다.

초반엔 사업을 잘 일구어 나가는 듯 보였지만 시간이 지날수록 내가 하는 일에 성취감이 느껴지지 않고 문득 학생들을 가르치는 일이 너무 그리워졌다. 누군가를 가르치고 그 학생의 인생과 방향에 긍정적인 영향을 끼칠 수 있는 교육이 진정으로 마음에 들어오기 시작한 것이다. 익숙한 것에서 조금은 떨어져 봐야 소중함을 자각할 수 있다.

그제야 소란했던 속을 잠재우고 진정 마음을 둘 곳이 어디인지 내면의 소리에 귀를 기울였다. 컬러미마인을 정리하고 다시 학원을 도전해 보기로 했다. 여러 분야를 배회했으나 결국 돌아온 곳이 이곳이었다. 이제야 나의 정체성을 확인한 것 같았다. 학생들을 가르치는 일이 너무 귀하고 내가 가장 잘할 수 있는 일이라는 확신이 생겼다. 매년 다른 학생들이 학원에 들어오고, 학생마다의 목표나 성과가 다르다는 점이 내게는 큰 동기부여가 되어준 것이다.

그러나 늘 그렇듯 시작은 녹록지 않았다. 입시 미술에서 몇 년의 공백기를 가져서인지 변화된 코리아타운 미술학원들이 경쟁이 심하던 상태였다. 학원 수 역시 너무 많아져서 학생들을 다시 모집하기가 어려웠다. 뭔가 차별화된 프로그램이 필요하다는 판단이 들었다. 골똘히 궁리하던 중 컬러미마인 지점을 운영하며 반응이 좋았던 프로그램을 한국계 학생들에게 맞게 만들면 좋겠다는 판단을 했다. 2000년, 코리아타운 최초의 세라믹과 기본 아트를 함께할 수 있는 스튜디오 '인아트'를 오픈했다.

LA 한인 커뮤니티에서 장래의 미술가를 꿈꾸는 한인 청소년들의 대학 입시에 도움을 주고자 오픈한 입시 전문 컨설팅 미술학원으로 발전해 나갔고, 점차 학생들이 늘기 시작했다. 다년간의 경험을 바탕으로 학생 맞춤 프로그램, 예술 전문 시스템을 구축해 나갔고 이러한 노력을 주변에서도 알아주는 것 같았다. 내가 가장 잘할 수 있는 일을 해서인지 동시에 작가로서도 기회가 찾아오기 시작했다.

가장 고민이었던 창작과 교육의 목표를 동시에 잡게 된 것이다. "하늘은 스스로 돕는 자를 돕는다"는 말이 딱 들어맞는 것 같았다.

외부에서 전시와 아트페어를 참여하고, 작가로서 인지도를 높이며 주어진 기회를 놓치지 않으려 노력했다. 이후 갤러리를 오픈하고 작가들의 모임을 만들어 나갔다. 누군가 내게 그 많은 일들을 어떻게 다 해낼 수 있었는지 물을 때가 있었다.

당시엔 밀려들어 오는 기회가 즐거웠을뿐더러, 지칠 새가 없었다. 재능이 있는 분야에서 두각을 나타낸다는 것, 내 이름 석 자를 세상에 새길 수 있다는 것이 행복할 뿐이었다. 본업으로 외면하고만 있었던 아트 교육을 전문으로 시작하니 오히려 내가 그토록 바랐던 전문작가의 길이 한 걸음 가까워졌다. 이 경험을 통해 진정 내게 맞는 일을 해야 자연스레 모든 운이 트이고, 여러 기회가 주어진다는 것을 절실히 깨달았다. 진심으로 학생들을 가르치는 일이 내 삶을 성공으로 이끄는 원동력이 되어주었다.

| 학생의 세라믹 작품

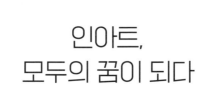

인아트,
모두의 꿈이 되다

교육 사업을 시작하기 전 학원 이름을 두고 한참을 고민했다. 그러던 중 모든 영역의 아트를 할 수 있다는 의미의 '인아트'가 뇌리를 스쳐 지나갔다. 우연히 생각해 낸 이름이지만, 지금 와서 생각해 봐도 담고 싶었던 의미를 모두 내포한, 참 잘 지은 이름이라는 생각이 든다.

당시 나는 이미 시중에 있던 일반적인 학원이 아닌 특별한 커리큘럼을 제공하는 유일무이한 전문교육기관을 만들고 싶었다. 기존에 구상했던 커리큘럼을 주기적으로 업데이트하고, 이전에 다른 교육 기관에서는 시도하지 않았던 새로운 아트를 더해서 차별성이 있는 학원 기반을 닦아나갔다. 인아트는 총 네 가지의 주된 카테고리로 나뉘었는데 먼저 ① 순수 미술 분야, 일명 파인아트 클래스에서는 스케치, 파스텔, 수채화, 아크릴 같은 그리기 수업부터 만들기 등 모든 미술 분야의 종합적인 탐사와 활용을 통해 아이들의 창의적이고 시각적인 표현 능력을 키워주었다.

② 도자기 공방에서는 흙을 만지면서 아이들의 감성과 창의성을 발달시켜 주는 도자기 수업을 운영했다. ③ Gift Test(Gifted and Talented)에서는 LAUSD에서 주관하는 미술 영재 발굴 TEST 준비반으로 소수 정예 아이들을 가르쳤다. ④ 판화 수업에서는 목판이나 고무판 등 면에 형태를 그려 판을 만든 다음, 잉크나 물감 등을 칠해 종이, 천 등에 인쇄하는 회화 프로그램을 운영했다.

방향을 바꾸고 새롭게 꾸려나갔을 뿐인데, 이후 많은 학생들이 오면서 입소문이 나기 시작했다. 미국 미술대학을 준비하는 학생들의 포트폴리오 준비 프로그램을 만들어 나간 것이다. 아무 기반이 없는 상태에서 준비하려니 분명 힘들었지만 성장하는 학생들을 보니 성취감이 컸다. 단 한 명의 학생이라도 아트 교육을 통해 그 아이의 인생이 변화될 수 있다는 것이 놀라웠다.

물론 그렇게 되기까지 교육에 대한 열정과 재능이 필수적이었고 타이밍도 잘 따라주었던 것도 같다. 그러나 나는 정말 끊임없이 연구하고 노력했다. 가르치는 일을 좋아했기에 학생마다의 장단점을 분석하고, 성향을 파악해 입시를 기획해 나갔다. 내가 겪었던 어려움을 답습하지 않기를 바랐고 아트를 통해 긍정적인 방향으로 인생의 도움을 주고 싶었다. 학생 개개인에 맞추어 대학에 합격시키는 일은 고되기도 했지만, 내게 큰 의미를 주는 일이었다.

특히 학생들이 목표로 하는 아이비리그와 최상위권 대학을 보내는 것이 결코 쉬운 일이 아니었다. 1세대 이민자, 어쩌면 낯선 미국 땅의 이방인이었던 내가 좁은 입시 문을 뚫고 경쟁력 있는 교육 시스템을 구축하는 것이었으니 말이다.

누군가 나를 봤을 때 체구가 작은 평범한 동양 여성이라고 생각할 테지만, 아트 분야는 나만이 가장 잘해낼 수 있다는 확신이 들었다. 낙타가 바늘구멍을 통과시키는 것처럼 불가능해 보이는 이 분야를 아주 치밀하게 연구해 냈다. 미국 차세대 리더를 배출하는 상위권 대학, 풍부한 교육의 장에 나의 학생들이 입학한다는 생각만으로도 즐겁고 뿌듯했다.

빙빙 돌아왔지만 결국에 내가 있어야 할 곳은 학생들 곁이라는 것을 깨달았고, 가르치며 진정으로 큰 성취감과 행복감을 느꼈다. 다년간의 아트 입시 경험과 노하우를 구축해 아이들에게 적용했고, 개개인의 특장점을 발굴해 아이비리그에 입학시켰다. 지금 와서 생각해 보자면 정말 많은 운이 따라주었던 것도 같다. 매년 최고의 대학에 아이들을 보내며 인아트 입시 성과를 자체적으로 갱신해 나갔으니 말이다.

오랫동안 LA에서 최고의 포트폴리오 학원으로 자리매김을 하며 먼 지역에서도 배우고 싶다는 학생이 생겼다. 2015년, LA 카운티의 라크라센터에 2호점을 오픈하고 2022년, 오렌지 카운티 코리아타운에 위치한 부에나파크 소스몰에 3호점을 오픈해 나갔다.

전 세계에 차세대 리더를 배출하는 아이비리그, 최상위권 대학에 학생들을 보내며 지점을 넓혀나갈 수 있었던 이유는 획일화된 교육 방식이 아닌 경쟁력 있는 교육 방식을 택했기 때문이다. 나는 학생 개개인의 장점을 살려주고 능력을 발굴하는 창의성에 주목했다. 파인아트, 그래픽디자인, 패션디자인, 포토그래프 등 다양한 클래스 중 학생에게 가장 적합할 전공을 연결해 주는 방법을 택한 것이다.

동시에 지도 경험과 작품 제작 경험이 풍부한 선생님들과 함께 지도하니 그 효과가 배가 되었다. 아트를 전공한 나의 제자들은 벌써 각계각층에서 두각을 나타내고 있다. 작가로서, 지도자로서 제자의 성공을 바라보는 일은 참으로 뿌듯하다. 물론 대학 진학이 인생의 전부는 아니겠지만, 큰 시작이 될 수 있음은 자명하다. 그 길에 인아트가 함께할 수 있다는 것은 큰 영광이자 행복이다.

자랑스러운
나의 제자들

1999년 인아트를 오픈한 뒤, 약 20년간 교육 사업에 몸담았다. 많은 학생을 지도한 만큼 정말 무수한 일들을 겪어왔다. 초반에 입시 전문 포트폴리오를 구축해 나가고 맞춤형 프로그램을 만드는 게 나에겐 큰 난관이었다. 물론 입소문으로 인해 학원에 대한 인지도는 있었으나 대학 포트폴리오 프로그램은 당시 어느 곳에서도 시도한 적이 없는 미지의 분야였기 때문이다.

처음 인아트에서는 다른 곳에선 아무도 맡아주지 않는 학생을 맡을 수밖에 없었다. 타의로 학원에 온 학생들의 표정은 생기가 없었고, 우울했다. 어디론가 도피하고 싶어 하는 것만 같았다. 그러나 그 심정을 누구보다 이해하는 나는 아트를 통해 그들의 마음을 잘 어루만져 주었다. 점차 아트에 흥미를 붙인 학생들과 한 발 한 발 나아가니 밝은 미래가 우릴 기다리고 있었다.

꿈이 생긴 학생들의 모습은 분명 다르다. 눈에는 총기가 가득하고, 의지와 자신감이 충만하기 때문이다. 의욕이 없었던 학생이 목표가 생긴 뒤로는 본인이 더 나서서 열심히 하고, 많은 양의 과제와 연습량도 끄떡없이 해낸다. 어두웠던 현실의 장막이 걷히기 시작했다. 학생들의 가치를 끌어올리고 잠재력을 발굴하니 학원 내에서도 좋은 결과가 이어지기 시작했다.

그중 한 제자, S가 아직도 기억에 남는다. 처음에 학원에 온 S는 자신감이 부족했던 학생이었다. 아트를 사랑하고 분명 잠재력이 보임에도 쉽사리 수업에 집중하지 못하는 모습이 의아했다. 학과 성적이 부족했기에 아이비리그에 간다는 생각조차 하지 못했고, 미래에 대한 꿈과 희망이 전혀 없어 보였다. 이렇게 두어서는 안 되겠다는 생각이 들었다. 어느 날, 학원에 찾아온 S를 앉혀두고 물었다.

"지금 너의 가장 큰 고민이 무엇이니?"

아이의 눈을 지그시 응시했다. S는 처음에는 나를 외면하는 듯했다. 한참을 땅만 쳐다보다가 그동안 자신의 마음속 쌓여 있던 말들을 찬찬히 풀어내었다. 처음에 차분하게 집안의 어려움을 털어놓던 S의 말끝은 어느새 세찬 파도처럼 출렁이고 있었다. 경제적, 가정적 상황 등 여러 어려움이 겹쳐 그를 괴롭게 만들었을 터였다. 이후, 나는 S가 입시에만 열중할 수 있도록 칭찬과 함께 동기를 부여했다. 지금은 물론 힘들겠지만, 네가 가진 재능을 살려 좋은 대학에 진학한다면 더 많은 기회가 펼쳐질 것임을 이야기하며 말이다.

더욱이 상황적 어려움으로 S가 꿈을 포기하지 않기를 바라며 장학생 선정 및 전시회 참여 등 여러 혜택을 주었다. 꿈과 현실 사이에서 전전긍긍했던 과거의 나를 보는 것 같았기 때문이다. 그 후 S의 강점인 끈기와 창의력을 발굴해 순수 미술과 결합해 나갔다.

감사하게도 S는 본인이 가진 잠재력과 재능을 십분 발휘해 창의적인 포트폴리오를 쌓아갔다. 츄잉껌, 사과 껍질 등 당시 주목받던 미디어와 순수 미술을 결합한 전시 작품을 선보여 수많은 이들의 호평을 받았다. 학생과 선생님, 그리고 부모님의 간절함을 바탕으로 결국 S는 아이비리그 코넬대학 합격이라는 쾌거를 이루었다. 물론 입시 결과가 전부는 아니더라도, 본인의 인생에서 목표했던 것을 달성한 뒤 제자는 모든 일에 자신감이 생기고 열정이 가득해졌다.

지금 그 학생은 코넬대학 졸업 후에 MOCA(모던 아트 켈리포니아 뮤지엄)의 에듀케이터로 근무하고 있다. 백인들이 주류인 필드에서, 텃세를 견디기까지 얼마나 힘들었을까. 제자가 겪었을 무수한 상황을 홀로 헤아려 보았다. 그 속에서 당당하게 자리한 제자가 자랑스럽다. 업무와 동시에 제자는 현재 작가로서 더 열심히 활동하고 있다. 제자를 아이비리그에 보낸 뒤, 나는 성공할 수 있었던 원인에 대해 찬찬히 생각해 보았다.

정답은 '학생을 진심으로 이해하는 것'에 있었다. 자라온 과정과 생각이 모두 다른 아이들에게 천편일률적인 아트를 하라고 강요하는 것은 별 도움이 되지 않는다. 그 학생과의 깊은 대화와 공감을 통해 학생이 가진 잠재력을 최대한 끌어내려는 것이 핵심이다. 입장을 헤아리고 어떤 것에 흥미가 있는지, 성향은 어떤지를 파악해 내는 것이 기본이 되어야 하는 것이다. 입시만을 위해 아이를 끌고 가는 것보다, 학생이 아트에 눈을 뜨도록 도운 뒤 창의적인 포트폴리오를 쌓아가는 편이 훨씬 더 수월하다. 그리고 학생의 인생에서도 이렇게 만들어진 꿈의 불꽃이 쉽사리 꺼지지 않는다.

첫 학생을 코넬대학에 입성시킨 후 그 후 약 12년 동안 꾸준히 코넬대학 미술 전공 AAP로 진학시켰다. 나 또한 학생들을 지도하는 데 자신감을 얻었고, 이후 매년 더 많은 학생들을 아이비리그와 최상위권 대학에 보내게 되었다. 제자들은 순수 미술 분야뿐 아니라 컴사나 아트를 융복합 전공하거나 이중 전공하여 구글, 애플 같은 굴지의 IT 기업에 입사하기도 한다. 현재 입시 미술에서는 실무에서 잘 적응할 수 있는 인재 양성을 위해 교육 기간 내 학제 간 통섭이 활발하게 이뤄지고 있는 추세이다.

본인이 가진 재능을 열정적으로 발휘해 세계적인 기업의 이미지네이티브 마케터, 유명 호텔의 아트 디렉터가 되었다는 제자들의 소식은 내게 큰 기쁨이자 자부심이 되어준다. 아주 어린 학생에서 이제는 어엿한 성인이 되어 제 한몫을 잘해내는 것 같아 감격스럽기도 하다.

또한 인아트에서 만나 함께 UCLA, USC에 입학한 제자 선후배들이 서로를 이끌어 주는 끈끈한 네트워크를 만들어 정보를 공유하고 있다. 특히 한 제자가 유명 회사 웹디자이너로 일하며 바쁜 시간을 쪼개어 인아트 후배를 가르치고 있다는 이야기를 들었다. 그런 귀하고 따뜻한 마음이 하나씩 모여 누군가의 꿈을 이루게 만든다는 생각이 든다. 어렵게 입학한 뒤로도 그 고마움을 잊지 않고 서로에게 도움을 제공하는 것이다. 제자들의 다정한 모습을 지켜보면 나 또한 뿌듯하고 행복하다.

지금 와서 생각해 보면 이 모든 것이 신의 은혜이자 기적과 같은 결과인 것 같다. 학생들을 가르치며 크리스천인 내가 더 열심히 기도하는 계기가 되기도 했다. 상황이 급변할 때도 집념과 몰입도만 있다면 못 해낼 일이 없다. 코로나 이후 학원이 잠시 힘들었던 때가 있었다. 그러나 변화된 입시에 대비해서 차분히 준비하고 바뀐 입시 트렌드에 맞춰 준비했더니 해당 연도에 최고의 결과를 만들어 낼 수 있었다.

물론 제자를 양성하는 지도자는 개인적인 삶을 어느 정도를 포기하고 헌신해야 한다. 하지만 난 이것이 감수할 수밖에 없는 부분이라고 생각한다. 대학 입시를 지도한 이후 단 하루도 입시 생각에서 벗어난 적이 없다. 학원을 운영하며 난 그들에게 도움이 되는 입시정보를 놓칠세라 모든 방면에 촉각을 곤두세우고, 전공과 연계하며, 잠재력을 찾아주는 방향에 집중한다.

특히 입시 시즌이 되면 더욱 예민해지는데, 단 한 명의 학생도 놓치지 않도록 몰입하고, 철저히 준비시킨다. 이런 치열한 입시 과정을 매년 거치다 보니 강박관념도 생기고 지칠 때도 분명 있었다. 하지만 내게는 그것보다 더 큰 지도자로서의 소명이 있다. 학생들의 인생은 소중하고 지금 시기의 한 번의 기회가 인생을 바꿀 수 있기에 내가 그 길을 잘 닦아 도와주고 싶다는 마음뿐이다. 과거의 내가 후회했던 길을 학생들이 걷지 않길 바라며 참된 스승의 마음으로 그들을 바라본다. 매일 달리면서도 나는 제자들이 있기에 행복하다.

| 학생의 재능을 발견해 나가는 기쁨

결핍은
성장의 원동력

학원을 운영한 지 20년이 넘어가지만, 처음부터 평탄했던 것은 아니었다. 시작하며 맞닥뜨려야 했던 난관이 많았기 때문이다. 한국에 뿌리를 둔 나는 미국 이민 1세대였고, 내 학생들을 미국 유수의 대학에 보내는 일은 결코 순탄하지 않았다.

주류 속으로의 편입을 위해서는 굳건한 미술 입시 제도를 낱낱이 파악해야 했고, 틈새를 노려야 했다. 지금 와서 생각해 보자면 한국인다운 끈기와 열등의식이 이 모든 것을 가능하게 했다. 어릴 적부터 나는 형제 사이에 치여, 부모님의 온전한 사랑을 받지 못한

다고 생각했고, 아쉬웠던 국내 입시 결과를 두고 스스로 자책하고
아파했다.

본래 가진 적이 적었기 때문에 우연히 발견한 아트에 대한 나의
재능이 귀하다 느껴졌다. 내가 그 길을 겪어봤기에 제자들만큼은
열등감 때문에 힘들지 않기를 바랐다. 열패감으로 자신을 깎아내
리지 않기를 바라며 그들이 지닌 잠재력을 가장 최고로 끌어내고
싶었다.

지도자로 살며 나는 그 기회가 교육에 있다는 확신이 든다. 사회
로 나가는 첫 관문인 대학 입시에 최선을 다하면 누구나 인생 역전
의 기회가 오기 때문이다. 현실의 제약을 뛰어넘을 수 있는 결과를
받기도 하고, 나도 몰랐던 내 모습을 발견하게 된다. 가능성을 싹
트게 하는 교육의 힘을 나는 믿는다. 이상하게도 학생들이 잘되면
서 나 역시 과거의 상처와 지난날의 아픔이 많이 치유되었다.

학벌에 대한 열등감, 천부적인 재능이 없음에 대한 아쉬움, 상황
적으로 겪었던 부족함이 감쪽같이 사라진 것이다. 발목을 잡았던
모든 걱정과 고민이 사라지고 자신감을 회복하니 개인적인 삶 역
시 더욱 풍부하고 밝아졌다. 아마 아이들을 가르치며 주고받았던
긍정적인 에너지, 그리고 미래에 대한 희망이 내 안의 부정적 감정
을 상쇄시켰던 것 같다. 사람이 주는 힘은 실로 어마어마하다. 과
거엔 내가 학생들을 이끈다는 생각이었는데, 이제는 아이들이 내
삶을 긍정적인 방향으로 바꾸는 것만 같다. 한 명 한 명 모두가 내

겐 소중하고 귀한 제자들이다.

이런 성취감과 자신감은 선순환되어 학생들에게도 힘이 되었고, 매년 기적에 가까운 입시 결과를 만들고 있다. 우스갯소리로 LA 한인 커뮤니티 사이에서는 인아트에 가면 아이들의 꿈이 모두 이루어진다는 이야기가 있다고 한다. 반은 농담이겠지만, 이런 공공연한 이야기만으로 지금까지 고생했던 시간이 모두 보상받는 느낌이다. 제자들을 보며 삶의 의미를 느끼고, 내가 가야 할 길에 대한 확신을 받는다. 진정 하나님께서 내게 주신 사역이자 천직이라는 생각을 하며 말이다.

나의 뿌리,
한국

고국을 떠난 지 어언 37년이 되었다. 결혼과 동시에 미국에 거주하며 미국 시민권을 갖게 되었지만, 뿌리는 분명한 한국이다. 그래서인지 고국을 생각하면 더없이 애틋하고 그립다. 초반에 나는 끊임없는 정체성의 혼돈을 겪었다. 문화도, 언어도 다른 미국이라는 곳에서 내가 어디에 마음을 두어야 할지 방황했던 것이다.

하지만 학생들에게 아트를 지도하며 근원적 갈등과 고민을 많이 해소할 수 있었다. 한국 부모님들은 문화도, 언어도 다른 미국에 여러 상황적 이유로 이민을 선택한다. 동시에 새로운 터전에 적응하며 당신의 자식들이 당당히 미국의 주류로 편입되기를 간절히 바라신다. 사회 구성원으로서 제 한몫의 역할을 차지하도록 돕는 일은 교육뿐이다. 그렇기에 누구보다 교육을 중요하게 생각하고, 아낌없는 투자와 지지를 보내주시는 것이다.

나 역시 초반에 미국으로 이민을 와 숱한 어려움과 정체성의 혼돈을 겪었기에, 이방인으로서 아이들이 겪는 위축과 고독함을 공감한다. 또한 나 역시 부모이기에 자식들을 위해 기꺼이 헌신하려는 부모님의 마음도 이해한다. 한국인만의 근성과 끈기, 그리고 하나의 뿌리로 이어진 정신이 없었다면 이 모든 일이 불가능했을 것이다.

내가 지도하는 아트라는 분야에는 정말 많은 기능이 있다. 먼저, 말로 표현하기 어려운 마음의 상태를 창조적으로 표현할 수 있다. 상징적인 이미지를 통해 심리적 상태를 면밀하게 표현하고, 다채로운 심상을 경험할 수 있게 한다. 자신의 감정을 제대로 마주할 기회가 없었던 학생들이 아트 작업을 통해 달라지는 걸 보는 일은 내게 큰 기쁨이자 행복이다. 아트는 내면을 투사하는 효과적인 매개체가 되어준다.

더욱이 아트를 통해 학생들은 세상과 더욱 적극적으로 소통할 수 있다. 꿈이 없이 무기력하던 학생이 현재 성적에서 생각지도 못했던 상위 대학교에 입학한 뒤 자신감을 찾는 모습을 나는 수없이 보았다. 이후 더 넓은 세상으로 나아가 자신만의 작품을 만들어 영향을 주고, 귀한 기회를 쟁취하는 걸 보며 느끼는 바가 많다. 아트는 세상과 사람을 연결해 준다.

마지막으로 아트는 새로운 환경에서의 아이들의 스트레스를 줄이고, 심리적 복원력을 늘려준다. 작품활동에 몰입하며 즐거워하고, 자기 효능감을 느끼는 학생들을 보며 더없이 행복하고 뿌듯하다.

우리 모두 세상에 태어나 고유한 방식으로 제 몫을 한다. 내게 주어진 소명은 아트를 지도하며 사람들에게 기쁨을 선사하고, 학생들에게 더 넓은 세상을 보여주는 것이다. 그렇기에 힘든 타지 생활 속에서도 포기하지 않고 이겨낼 수 있었다. 흔들렸던 정체성에 대한 뿌리가 아트를 통해 공고해질 수 있었고, 내 몫의 삶을 잘 살아내고 있다는 생각이 든다. 아트 속에서 학생들과 함께 성장하는 것, 이제는 그것이 나 자신이자 삶이다.

가정과
일의 균형

돌아와 생각해 보면 나는 어릴 적부터 부모님이 관심이 적었기에 늘 스스로 결정하고 해나가야 했다. 좋게 생각하면 자유로운 분위기였지만, 내가 선택한 일에 대해 책임을 져야 한다는 부담과 힘듦 또한 있었다. 하지만 이 분위기가 점차 익숙해지면서 내 삶에 대한 주인의식이 강해졌던 것 같다.

아트를 지도하는 일이나 새로운 도전에 뛰어드는 일, 그리고 인아트를 시작하는 일까지 모든 것이 나의 선택이었고 그런 결정을 내리는 데 두려움이 없었다. 모든 것을 홀로 책임져야 한다는 고독함 역시 내겐 익숙한 감정이었기 때문이다. 또한 힘든 시간을 이겨내는 것도 적응이 된 상태였다. 이제 와 생각해 보면 어린 시절의 다소 방임적인 분위기가 내가 책임감 있게 자라나는 데 도움이 되었던 것 같다.

하지만 가정과 일의 균형을 잡는 일은 전혀 다른 일이었다. 딸을 출산하고 육아에 전념해야 했지만, 나의 꿈과 미래 역시 매우 중요하다는 생각이었다. 출산과 더불어 시간을 쪼개서 공부하고, 일을 병행했다. 누군가는 나를 보며 악바리라고 생각할 수도 있었을 테다. 평범한 주부로서의 삶을 살기보다 내 이름 석 자로 자리매김하기를 진심으로 원했으니 말이다.

무슨 일이든 어떤 마음가짐이냐가 가장 중요한 법이다. 나는 두려움보다 자신감을 앞세워, 내가 할 수 있는 작은 기회부터 뭐든지 잡으려 노력했다. 다행히 남편의 전폭적인 도움으로 육아와 자녀 교육, 가정 살림을 동시에 병행했고 아트와 관련한 커리어를 시작할 수 있었다. 시간을 쪼개서 해야 할 일이 정말 많고 힘들었지만 간절함으로 이겨낼 수 있었다.

특히 인아트는 당시 코리아타운에 위치해 있었는데 집에서 자차로 약 1시간이 넘는 거리였다. 트래픽이 심한 시간이나 뜻하지 않은 일이 생기면 늘 발을 동동 구르며 바쁘게 움직여야만 했다. 가장 미안한 대상은 역시나 하나뿐인 딸, 스텔라였다. 딸이 자라나며 엄마가 필요한 순간에 곁에 있어주지 못한다는 자책이 들었고, 내가 제대로 된 엄마의 역할을 해주지 못하는 건가 하는 조바심에 일을 그만두려고 했던 때가 한두 번이 아니었다.

어느 날은 아이의 책가방 깊숙한 곳에서 학부모 참관회와 관련된 통지문을 발견했다. '아뿔싸!' 하는 생각이 머리를 스쳐 지나갔다. 아이가 학교에 간 뒤, 단 한 번도 학부모 모임 명목으로 가본 적이 없던 것이었다. 왜 나는 응당 학부모 회의가 없으리라 생각하고 있었을까.

스텔라에게 왜 엄마에게 따로 알리지 않았는지 물으니 '엄마는 늘 바쁜 사람'이라 생각해 이번 학부모 모임에도 못 올 것이라 지레짐작했다는 것이었다. 말을 꺼내면 엄마가 괜히 마음이 불편할 것 같아, 배려하는 마음으로 가방 깊숙한 곳에 숨겨놓았다고도 덧붙였다. 고맙게도 그 말을 하는 스텔라의 말투에는 어떠한 원망이나 미움이 없었다. 오히려 바쁜 나를 걱정하고 챙겨주려는, 나보다 더 어른스러운 딸이 되어 있었다.

이처럼 내가 그만두지 않을 수 있었던 이유는 가족들의 전폭적인 지원 덕이었다. 남편도 바쁜 나를 이해하고, 꿈을 지지해 주었고, 딸 역시 엄마가 일하는 모습을 자랑스러워했다. 딸이 내 바람대로 잘 자라주어 일에도 집중할 수 있었다. 소중한 가족들은 전시 때마다 찾아와 더없는 축하와 박수를 보내주었다.

그런 가족의 힘으로 나는 가정과 일의 균형을 잘해낼 수 있었다. 힘들다는 말은 입에 달고 살면서도 일을 성장시키고, 아트에 몰입하는 것을 진심으로 기뻐하는 사람이었다. 작품 기일을 맞추기 위해 늦은 밤까지 작업을 하던 일, 학생들에게 최선의 결과를 보장하기 위해 교육의 흐름과 치밀한 전략을 구상하던 일이 아직도 생생하다. 어쩌면 이 모든 것은 뒤에서 나를 든든하게 지탱해 주는 가정이 있었기에 가능했다.

물론 이런 나의 번잡한 일상 때문에 가족들과 의견이 일치하지 않을 때도 많았다. 그러나 가장 중요한 순간에는 늘 남편과 딸이 나의 원동력이 되어주었다. 특히 남편은 개인전 준비로 바쁜 순간마다 작품 재료를 준비해 주었는데 본인의 일도 바쁠 텐데 마음을 써주는 게 진심으로 고마웠다. 또한 나를 닮았을 수도, 환경적 영향일 수도 있겠지만 딸 역시 미술을 전공하게 되어 현재 같은 길을 걷고 있다. UCLA 학사, 보스턴대학 석사를 마친 후 내 곁에서 아트 지도자로 함께 일하고 있는 것이다. 심적으로도 딸이 곁에 있다는 게 큰 힘이 되어준다.

한 여성으로서 그저 전업주부가 아닌 사회에 진출해 새로운 일을 시작하기까지 가족의 지지가 없었다면 힘들었을 것이다. 삶의 중요한 단계와 도전, 성장을 할 때마다 무조건적인 내 편이 되어주었던 이들에게 무한한 감사를 보낸다. 그들의 지지를 등에 업고 더 많은 학생의 꿈을 도울 수 있게 되었다.

텐미닛쿡

딸 스텔라는 내게 '텐미닛쿡'이라는 별명을 붙여주었다. 어떤 요리든 십 분 만에 뚝딱 잘 차려낸다는 의미로, 이는 내 성향이나 밀도 있는 삶의 방식을 잘 반영한 별명과도 같다. 가정주부와 아트 지도자, 그리고 작가로서 삶을 균형 있게 유지하기 위해서는 시간을 주도하는 것이 필수다.

이십 대 때는 마음속 해보고 싶은 것들이 많았음에도 외부적 상황이나 한계로 인해 꿈을 펼칠 수 있는 기회가 적었다. 경력이 단절된 채로 이대로 사회생활을 하지 못할 수도 있겠다는 불안감과 음울함이 엄습했다. 그러나 내가 할 수 있는 아주 작은 일부터 키워나간 덕분에 삼, 사십 대에는 일이 물밀듯 들어왔다.

커리어와 동시에 성공적으로 가정을 유지하기 위해 나는 늘 바삐 움직였다. 매끼 구첩반상으로 근사한 식사를 차리진 못하더라도 간단하지만 알찬 식사를 선사하려 노력한다. 오븐에 구운 고기에 매시드 포테이토나 크랜베리 소스를 곁들여 내거나 애플파이나 샐러드 파스타 등 간단하지만 건강을 생각한 식사를 야무진 손놀림으로 준비한다. 십 분 내외로 빠르게 차려냈음에도 가족들의 평가는 언제나 호평 일색이다.

그렇게 간단하지만 맛깔스러운 식사를 차려낸 뒤 인아트로 출근하는 발걸음은 가볍다. 이처럼 나는 시간을 주도하는 것 같은 느낌을 좋아한다. 마치 하루라는 정해진 시간을 스스로 유동적으로 관리할 수 있다는 게 즐거운 것만 같다. 가령 여섯 시부터 일곱 시까지는 체력 관리를 위한 운동, 그 뒤 삼십 분간 은행 업무를 보고 인아트로 출근해 약 3시간 동안 레퍼런스를 체크한다.

퇴근 후 입시 자료 제작에 도움을 줄 수 있는 전시회나 미팅 약속을 다녀온 뒤 또 다른 아트 관련 사업 연구를 시작한다. 마치 미션 도장을 찍는 것처럼, 하루의 해야 할 일들을 다 처리해 내면 그보다 더 뿌듯하고 기쁠 수 없다.

나는 하루에 3~4시간 정도 잠을 자고, 나머지 시간은 모두 열정을 불태울 수 있는 곳들에 쓴다. 내 이름 석 자로 하고 싶은 일을 하니 에너지가 계속해서 샘솟는다. 누구에게나 하루 24시간이라는 똑같은 시간이 주어진다. 그러나 진정 시간의 주인이 되는지는 개인마다 차이가 있다. 돌아보면 밀도 있게 시간을 썼기에, 비교적 짧은 시간 내에 많은 것들을 이룰 수 있었다고 생각한다. 주어진 시간 내에서 의욕을 갖고, 끊임없이 도전하고 꿈을 놓지 않는 것이 가장 중요하다.

얼마 전 출산한 스텔라도 내가 결혼 초반에 했던 고민을 똑같이 하는 듯 보였다. 딸과 이야기하다 본인이 엄마가 되고 난 후 내가 더욱 존경스러웠다는 감회를 털어놓지 않는가. 계속해서 커리어를 이어나가고 싶은 욕구와 누군가의 아내, 엄마로서 상충하는 현실이 그리 녹록지 않다는 내용이었다.

스텔라는 내게 젖먹이를 맡겨두고 일하러 나가는 무거운 발걸음, 부족한 잠과 포기해야 하는 인생의 무수한 것에 대한 고민을 털어놓았다. 이는 비단 스텔라뿐 아니라 이제 막 가정을 이루거나 출산을 한 모든 여성에게 해당되는 문제일 것이다. 시간은 한정되어 있고, 현실적으로 내게 요구되는 수많은 것들을 다 해내기 역부족이라고 느껴지기 때문이다.

그럼에도 내가 걸어갔고, 성공해 봤기에 주저 없이 이야기해 줄 수 있다. 어느 것 하나도 포기하지 말라고. 주어진 시간 속에서 내가 할 수 있는 것부터 차근차근 해나간다면 분명 두 마리의 토끼를 잘 잡을 수 있다고 말이다. 십 분 만에 차린 밥상이라고 허술하다고 생각하면 오산이다. 정성과 진심이 어우러진 밥을 한입 떠먹으

며 식구들은 내게 엄지를 치켜세운다. 밀도가 있는 삶은 그 자체로
도 아름답다.

늘어지지 않고 에너지 넘치게 산다면 오히려 더욱 활력 있는 삶
이 가능하다. 나는 스텔라에게 이야기한다. 시간의 주인이 되어 하
루를 잘 조율해 나간다면 분명 결실을 얻을 수 있다고. 더 나아가
지금도 일과 가정일을 고민하는 이들에게 무한한 용기와 지지를
보내고 싶다.

아트 지도자로의 삶의 전환,
제2의 도전

　요즘 사회에서 경단녀라는 말을 심심치 않게 찾아볼 수 있다. 내가 주로 활동하는 지역, 미국 LA에서도 마찬가지다. 경단녀는 경력 단절 여성을 줄여 부르는 말로서, 결혼한 기혼여성들이 사회에 진출하기 어려워하는 현상을 통칭한다. 아이를 돌봐줄 사람이 없어 전업주부로 전향하거나 제대로 된 직장에서의 일의 시작을 어려워하는 것이다. 그들의 고민을 들으면 공감과 함께 마음이 아려온다. 나 역시 그 힘든 시기를 똑같이 겪었기 때문이다.

　미술을 전공했지만, 빠르게 결혼을 결정하고 갑작스러운 이민을 하며 사회에 진출하는 것에 대해 주저했던 적이 있었다. 조바심이 났고, 어쩌면 이렇게 도태될지도 모른다는 걱정으로 좌절하기도 했다.

　그러나 기회는 만드는 자에게 있다. 낯선 유학길에서 홀로 미술을 전공하고, 여러 아르바이트를 했던 투지와 열정을 기억해 냈다. 작가가 되겠다는 아주 어릴 적부터의 꿈이 나를 일으켜 세웠다. 결과적으로 아무것도 가진 것 없던 내가 수많은 학생의 삶을 변화시키고, 꾸준히 성장할 수 있었다. 고맙게도 남편은 나의 꿈에 대한 지지와 일에 대한 이해가 있었기에 십분 도움을 주었다. 딸 역시 어느 정도 자라니 여성으로서, 엄마로서의 나의 삶에 깊이 이해해 주고 나와 공감대가 같아 큰 힘이 되었다. 결혼과 출산, 육아 등 인생의 크고 작은 일들은 나를 더 깊고 단단한 인간으로 만들었다. 경계를 넘고, 그동안의 미루었던 목표를 채워나가며 잃어버렸던 시간의 간극을 촘촘히 메우는 느낌이었다.

아트 지도자로서 제2의 삶을 시작한 이후 어두웠던 마음도, 풀어내지 못했던 열정도 많이 해소된 것 같다. 특히 나는 아트를 지도하는 선생으로서 늘 교학상장(敎學相長)의 말을 마음에 새긴다. 선생님은 혼자만 잘났다고 목소리를 드높이는 것이 아닌, 늘 학생들과 함께 배우고 익혀야 하는 사람이어야 한다.

제자를 한 인간으로 키워, 다음 세대의 사람들까지 살기 좋은 세상으로 만들기 위해서는 지도자의 역할이 가장 중요하다고 생각한다. 운이 좋게도 학생들이 이런 나의 마음을 이해하고, 스승보다 나은 제자가 되어주어 참 감사할 뿐이다. 가정에서 더 나아가 개인적인 성장과 함께 일을 잘 꾸려나갈 수 있음에 깊은 행복을 느낀다.

만일 새로운 인생의 시작을 두려워하는 나와 같은 사람이 있다면 굳은 용기를 주고 싶다. 부족함과 열등감 덩어리였던 나조차도 내가 가진 유일한 재능을 발휘해 새로운 사업을 발굴해 냈으니, 주저 없이 도전해 보라고 말이다. 인생은 계속 흐른다. 포기하기보다는 어떤 기회든 발굴하는 사람에게 돌아간다. 조급해하지 말되, 찬찬히 자신이 지닌 재능을 살피고, 작은 일이라도 시작해 보자. 기회는 찾아오는 것이 아닌 발견하는 것이다.

미국 미술대학
종류와 진학 가이드

CHANGE

THE WORLD

한국과 미국의
입시 미술 차이

이번 챕터에서는 많은 독자분들이 궁금해하실 만한 아트 이야기를 본격적으로 해보고자 한다. 더 나아가 다년간 쌓아온 입시 미술과 관련한 정보와 노하우를 적었다. 좀 더 실용적인 이야기가 될 수도 있을 듯하다.

산업 문명의 발달로 주목받는 분야가 바로 '아트(Arts)'다. 단순한 디자인 차원을 넘어서 인간 문명과의 조화라는 측면에서 글로벌 기업들도 이 분야의 중요성을 꽤 높이 평가하고 있다. 나 또한 아주 오래전 한국에서 미술 교육을 받았지만, 고국을 떠나온 이후 미국의 입시 미술을 공부하고, 체계화하며 이 둘의 차이점을 명확하게 비교할 수 있었다.

주목할 만한 특징을 살펴보면 다음과 같다. 우선 한국은 정해진 시간 동안 입시 시험을 보는 데 반해 미국 입시에서는 가이드라인에 따라 학생이 미리 관련 작품을 준비하는 포트폴리오 제출 방식으로 이루어진다. 자세히 살펴보면 한국에서는 입시 날 하루를 목표로 현장의 수많은 압박을 받으며 시간 안에 작업물을 정확히 완성해 내는 데 목적이 있다. 다만 미국의 입시 미술은 그 학생의 개성과 창의력이 담긴 포트폴리오를 기획하고, 구현해 데드라인까지 제출하면 되기에 비교적 학생과 학부모, 그리고 지도 선생님의 부담이 덜하다.

또한 입시 포인트도 다르다. 한국의 입시 미술은 개체 간의 규칙성을 정한 뒤, 그것들이 가지는 고유의 특성을 생각해 화면을 구성하고 개체에 알맞은 묘사를 하며 완성도를 높여나간다. 특히 한국식 입시 미술의 가장 큰 특징은 '스킬'을 중요하게 생각한다는 것인데, 보이는 대상을 똑같이 재현하는 것에 주로 초점이 맞춰져 있다는 것이다.

이에 비해 미국의 입시 미술은 학생들의 드로잉(데셍) 실력이 가지각색이다. 보이는 그대로 재현을 잘해내는 학생이 있는가 하면, 창의성 있게 자신만의 방식으로 표현하는 학생도 있다. 어떤 제도가 좋다, 나쁘다 속단하기에는 어렵지만, 개인적으로 학생 개개인의 생각과 개성을 오롯이 표현하고 싶은 경우 국내 입시 미술에서 한계점을 가질 수밖에 없다고 생각한다.

스킬 위주의 그리기는 반복된 시간과 노력으로 충분히 커버할 수 있으나 창의성을 발휘하기엔 어렵기 때문이다. '관찰에 기반을 둔 재현력'은 물론 갖추고 있으면 좋은 능력이다. 하지만 실제 미술계에서는 그다지 중요한 능력이 아니다. 오히려 깊은 사유나 창의성, 독창성이 필요할 때가 많다. 이러한 교육 목표와 방향성의 차이는 분명 다른 결과를 가져온다.

이것이 해외 기업에서 '해외 아트칼리지 출신'을 선호하는 이유이기도 하다. 국내 미술대학 출신들은 회사에 입사했을 때 모든 프로세스를 세세히 알려줘야 하지만, 해외 미술대학 출신들은 바로 컨셉을 이해하고 본인만의 개성을 첨가해 독창적인 작품을 만들어 내는 경우가 많다. 결과적으로 자신만의 철학과 아이디어, 개성을 담아낸 작품에 사람들의 이목이 집중될 수밖에 없다.

그렇다고 한국과 미국의 입시 미술은 다르기만 한 것도 아니다. 공통점 역시 존재한다. 상위 레벨의 학교일 경우 성적이 중요하게 작용한다는 것이다. 국내 명문 미대를 위한 입시 미술의 경우 수능(국어, 영어, 사회탐구 등 최소 3과목)에서 1~3등급 이내의 성적을 받아야 한다. 더해서 우수한 내신등급은 필수이다. 미국 입시 미술 역시 영어 성적과 함께 안정적인 내신등급이 뒷받침되어야 한다. 미술은 실기만 중요하다는 말은 옛말이 된 지 오래다. 상위 레벨의 학교 입시를 위해서 성적이 든든하게 받쳐주어야 한다.

• 한국과 미국 입시 미술 비교표

비교	한국 입시 미술	미국 입시 미술
성적	수능(국어, 영어, 사회탐구) 1~3등급 이내 + 높은 내신 성적	영어 성적 + 내신 성적
포인트	스킬 중심, 재현력 위주의 입시 작품	학생 개개인의 창의성을 발휘한 작품
시험	학교별 상이하지만 입시 날 4~5시간 이내 완성하는 실기시험 1번	최소 6~12개월간 학생의 개성을 살려 기획하고 준비해 낸 포트폴리오 제출
기타	대회 수상 경력	자기소개서와 작품소개서

입시를 통한
성장

　20년 이상 미국 미술계 입시 지도자로 살아오며 느끼는 바가 많다. 확실히 말할 수 있는 점은 미국 입시 미술에서는 학생들이 입시를 통한 성장이 가능하다는 것이다. 미국 미술대학은 하루 만에 학생의 실력을 판단하거나, 당락이 결정되는 일이 적다. 상대적으로 천편일률적인 입시 과정 대신, 스스로 기획하고 개성을 찾아나가는 과정 속 학생 스스로 느끼고 깨우치는 것이 많기 때문이다.

　미국 미술 입시의 경우 학교에 따라 15~20개 이상의 작품집, 일명 포트폴리오를 만들어 제출해야 한다. 이를 위해서는 1~2년 이상 아트에 전념해야 하는데, 이 과정 속 학생들은 본인의 내면을 들여다보고 나는 과연 어떤 작품 세계를 구현하고 싶은지에 집중한다. 일상에 아트를 녹여낸 작품을 시작으로, 그 작품이 세상을 어떻게 바꿀 수 있는지를 촘촘히 기획해 나가는 것이다.

미국 상위 미술대학의 평가 기준 역시 학생 각각의 개성과 관심사를 어떻게 작품으로 풀어내어 세상과 연결하는지에 좀 더 비중을 둔다. 만일 테크닉이 부족한 학생일지라도 뛰어난 아이디어가 있어서 작품으로 표현되고, 전달된다면 충분히 합격할 수 있다. 그렇다고 창의성과 독창성을 쉽게 얻을 수 있다고 생각한다면 오산이다.

이 또한 경험하며 노력해야 만들어질 수 있다. 직접적인 경험이 가장 좋은 소스가 될 수 있지만, 모든 것을 다 경험할 수는 없기에 간접경험을 위한 독서, 영화 감상, 전시 참여, 작가 연구 등을 추천한다.

또한 하나의 작품을 만들 때마다 학생과 함께 왜 이 작품을 만드는지에 대한 심도 있는 대화와 고찰을 한다. 삶에서 어떤 방향을 바라보는지, 작품을 통해 어떤 점을 표현하는지를 학생 스스로 인식하는 게 가장 중요하기 때문이다. 이 과정을 통해 추후 포트폴리오 아티스트 스크립트를 작성하거나 에세이를 쓸 때 좀 더 구체적인 글이 나온다.

경험상 한국에서 해외 유학을 온 학생들과 미국에서 나고 자란 학생들과는 차이가 있었다. 전자는 성실함과 끈기도 대단하고 기초 실력 역시 뛰어나나 어려서부터 부모님의 말씀을 듣고 자라는 데 익숙한 성향이다. 창의적인 작품 세계를 구현하는 데 어려움을 겪고, 스스로 뭔가를 해낼 수 있다는 생각이나 의지가 빈약했던 경우가 대부분이었다. 이런 학생들을 지도할 때는 학생 각자가 지닌 개성과 강점을 많이 끌어내고, 독창적인 세계를 구축할 수 있도록 도와줘야 한다.

다만 미국에서 자란 학생들은 꾸준하게 무언가를 하는 데 어려움을 겪고, 기초 스킬도 약한 편이다. 그럼에도 자신의 의견이나 개성을 표현하는 부분에서만큼은 확실하다는 장점이 있다. 가끔 그런 학생들의 손에서 예상하지 못했던 기발한 작품이 탄생하기도 하니 말이다.

비유하자면 한국에 기반을 둔 학생들은 잘 차려진 정갈한 밥상임에도 정작 먹을 것이 없지만, 미국에서 나고 자란 학생들은 날것에 펄펄 끓어 먹기가 어렵고 호불호가 갈림에도 음식 고유의 맛을 전달하는 한 끼 정도로 표현할 수 있다. 결과적으로 무엇이 더 좋고 나쁜 것이라 말할 수는 없지만, 학생이 어디에 뿌리를 두고 있는지, 어떤 성향인지에 따라 요리를 달리한다면 결과물이 분명 달라질 수 있다. 밥상의 개성을 존중하면서도 알차고 실하게 만드는 것이야말로 지도자로서 내가 해야 할 역할이다.

작품에 열중하는 인아트 학생

미술 학위에
관한 이해

　매년 입시 시즌이 돌아오면, 학생과 부모님 사이에서 미술 학위에 대한 궁금증이 많이 제기된다. 특히, 학위 명칭과 그 차이에 대해 혼동하는 경우가 굉장히 많이 생긴다. 가령 미국 대학에서는 다양한 전공 과정을 이수하고 그에 따른 학위를 수여한다.

　우선 여기에는 2년제와 4년제, 그리고 학사, 석사, 박사 등의 학위가 포함된다. 이 중에서도 가장 혼동하기 쉬운 4년제 대학의 학사 학위인 BA(Bachelor of Arts)와 BFA(Bachelor of Fine Arts)에 대한 이해로 볼 수 있다.

BA는 주로 인문학 전공 분야에서 수여되는 학사 학위다. 반면, BFA는 아트칼리지와 미술 전공 분야에서 수여되는 학위로, 이 둘의 주된 차이는 실기 및 교양 과목 이수 학점에 있다. BA 과정은 실기보다 교양 과목의 비중이 더 높은 것에 비해, BFA 과정은 미술 실기 관련 과목 이수가 많다.

미술 전공으로 BFA를 취득한 학생들은 대게 학사 졸업 후 MFA(Master of Fine Arts) 과정을 받는 것이 일반적이다. BFA 학생들은 약 65~70%의 수업을 미술 분야에서 이수하며, 나머지는 다른 분야의 선택 과목을 공부한다. 이를 통해 학생들은 미술 분야 내에서 보다 세부적인 전공을 선택할 수 있다. BFA는 미술의 전문화를 목표로 하며, 이 학위는 미술 전문대학과 종합대학의 예술 단과대학에서 수여된다.

반면, BA는 기초 이론과 미술의 전반적인 영역에 대한 관심을 바탕으로 한다. 이 학위는 학생들에게 미술에 대한 광범위한 경험을 제공하며, 해당 분야에서 필요한 인재로 성장하도록 돕는 데 초점이 맞춰져 있다.

2년제 대학에서는 AA(Associate in Arts) 학위를 수여한다. 이는 2년제 커뮤니티 칼리지에서 주로 제공되며, 학생들이 학문적 기초를 다지고 향후 학사 학위 과정으로의 진학을 준비하는 데 도움을 준다.

이처럼 미국 대학에서 제공되는 학위 프로그램은 개인의 목표와 진로에 따라 다양하게 선택할 수 있다. 자신의 열정과 목표를 잘 살피고, 경험을 통해 자신에게 맞는 길을 선택하는 것이 중요하다. 미국 내 미술 교육의 길은 다양하며, 각 학위는 그만의 독특한 장점과 기회를 제공하니 본인의 역량을 잘 발휘해서 쌓을 수 있는 이력을 업데이트하는 것이 좋다.

• 미술 학위에 대한 이해

구분	특징	비고
BA (Bachelor of Arts)	4년제 인문학 전공 분야에서 수여되는 학사 학위	교양 과목의 비중 높음, 미술에 대한 광범위한 경험 제공
BFA (Bachelor of Fine Arts)	4년제 아트칼리지와 미술 전공 분야에서 수여되는 학위	미술의 전문화 목표, 학사 졸업 후 대부분 MFA (Master of Fine Arts) 이수
AA (Associate in Arts)	2년제 커뮤니티 칼리지에서 주로 제공	학문적 기초를 다져 학사 학위 과정으로의 진학에 도움

종합미술대학(School of Arts)과
아트칼리지(Art College)의 차이

 자녀의 미국 미술 유학을 준비하고 있다면 먼저 미국의 미술대학 종류의 차이점을 알아야 한다. 우리 아이의 성향 및 목표에 따라 어떤 곳을 지향할지가 달라지기 때문이다. 먼저 종합미술대학(School of Arts)은 폭넓은 환경을 경험하고 다양한 분야에 관심을 가진 채 공부할 수 있는 기회를 제공한다. 그래서 아트뿐 아니라 다른 전공과의 접목을 통해 여러 방면을 함께 공부할 수 있다는 장점이 있다. 하지만 2년 정도의 일반적인 공부를 해야 하기에 아카데믹에 대한 조건을 갖추는 것이 중요하다.

종합미술대학(School of Arts)에 해당하는 학교 예를 들자면 Yale, Harvard, Princeton, Stanford, Cornell, USC, UCLA 등이 있다. 이러한 종류의 종합대학 입학을 위해서는 아트 포트폴리오뿐 아니라 학과 공부도 일정 수준 이상이 되어야 한다. 입학 시에도 내신 성적(GPA)뿐 아니라 과외활동, 봉사활동, SAT 성적 등을 촘촘하게 준비해야 한다. 다만 입학 시 일반 전공을 선택하는 것에 비해 성적 기준이 상대적으로 낮다는 점은 참고하면 좋다.

종합미술대학의 경우 추후 아트 연구, 에듀케이터 등 학업적 분야로 나가는 데 수월하고, 다방면의 분야와 융합해서 자신만의 분야를 개척해 나갈 수 있다. 학업적인 부분과 아트를 동시에 가져가고 싶은 학생이라면 종합미술대학에 진학하는 것이 유리하다.

아트칼리지(Art College)는 아트를 전문적으로 공부하는 곳으로서 커리큘럼이 아트에 집중적으로 구성되어 있다. 전문적인 아트 교육을 하는 곳이기에 입학 기준은 물론이고 기본적인 아트 소양을 갖추는 것이 중요하다. 만일 일정 기준을 갖추지 못하면 대학에 들어간다고 해도 따라가기 어렵고, 아트에 진지함과 목적이 분명하지 않으면 힘든 시간을 보낼 수 있다. 하지만 아트에 대한 확실한 꿈이 있고 작가로서 성공하고 싶다면 성공을 위한 발판이 될 것이다. 아트칼리지의 경우 종합대학과는 달리 학교별로 강세인 전공이 다르다. 그래서 학생이 희망하는 전공에 따라 유명한 학교 종류가 달라질 수 있다.

아트칼리지(Art College)에 해당하는 곳은 Parsons, SAIC, RISD, MICA, Art Center, CalArts, Pratt 등이 있다. 입학 시 온라인 지원서, 자기소개서, 에세이, 추천서, 학업계획서, 영어 성적 증명서, 학교 성적, 졸업 증명서와 같은 기본 서류가 필요하다. 종합대학과 확실히 다른 점은 SAT 성적이 필요 없다는 것이다. 그러나 그만큼 아트 포트폴리오 비중이 높기에 꽤 수준 있는 포트폴리오 준비가 필수다.

아트칼리지(Art College)에 진학한 제자 중 각자의 분야에서 작가로서 이름을 알리는 사례가 많다. 해당 학교 출신 작가들도 많아서 전시 참여나 작품 소개 등 여러 도움을 받을 수 있다. 전문적인 아티스트를 목표로 한다면 해당 루트가 분명 도움이 될 것이다.

이처럼 종합미술대학(School of Arts)과 아트칼리지(Art College)는 분명한 차이가 있다. 2개의 대학 속성의 다른 부분을 정확히 이해하고 어떤 목표와 방향을 잡고 갈 것인지에 대해 깊이 있게 생각해 보아야 한다. 꿈과 목표를 가지고 타임라인에 맞춰 잘 준비하는 것이 가장 중요하다.

• 종합미술대학(School of Arts)과 아트칼리지(Art College)의 차이

비교	종합미술대학	아트칼리지
특징	폭넓은 환경을 경험하고 인문학을 포함한 다양한 분야에 관심을 가진 채 공부할 수 있는 기회를 제공	아트를 전문적으로 공부하는 곳으로서 커리큘럼이 아트에 집중적으로 구성
입학시험	내신성적(GPA), 과외활동, 봉사활동, SAT 성적 필요	온라인 지원서, 자기소개서, 에세이, 추천서, 학업계획서, 영어 성적 증명서, 학교 성적 · 졸업 증명서 (SAT 점수 제외)
진로	교수, 작가, IT 디자이너 등 다방면 진출	작가, 에듀케이터 등 아트 중심

미대 진학 가이드

― 종합미술대학(School of Arts) 편

  미대 진학을 준비하고 싶지만 아무 정보도 없을 때, 마치 드넓은 바다에 홀로 떠 있는 것같이 막막하고 두려울 것이다. 실제로 입시를 앞두고 인아트에 연락을 해온 학부모, 학생의 경우 어떤 자료를 준비해야 하며, 어떻게 포트폴리오를 구성해야 할지 굉장히 어려워한다. 해당 챕터에서는 미국 미대 진학 가이드 부분으로 준비 시 도움이 되는 알찬 자료를 정리했다. 앞서 설명했던 종합미술대학 편을 주목해 보자. 성공적인 종합미술대학의 진학과 지원에 필요한 사항을 소개해 보겠다.

GPA

미술대학 진학 시 성적은 필요 없다는 말은 옛말이다. 평소 학과 성적을 잘 관리하는 것은 지원자의 성실성을 보여줄 수 있는 척도다. 입학 사정관들이 중요하게 보는 요소이기도 하다. 미리 준비해 두어 감점을 받는 일이 없도록 하자.

표준시험 공인점수

SAT/ACT라고 하는데 학교에 따라서 옵션으로 선택하는 사항이다. 현재 UC 계열의 학교는 2024년부터 SAT 점수를 고려하지 않는다고 발표했다. 대학별로 상이하기 때문에 지원자의 희망 학교 리스트를 만들어 따로 표시해 두는 것이 입시에 효과적이다.

추천서

대부분의 미술대학에서는 추천서를 요구한다. 지원자는 이를 필수로 제출해야 하며, 특히 명문대학의 경우는 2~3개의 추천서를 요구하기도 한다. 추천서를 통해 학생의 성적과 활동만으로 확인하기 어려운 인성과 장점 등을 파악하고 학생이 대학 생활에 적응할 수 있을지를 평가하기 때문이다. 추천서는 지원하는 전공과 관련된 선생님, 전문가, 카운슬러 외에 주변에 학생을 잘 알고 이해하는 선생님들께 정중히 부탁드리면 된다.

특히 종합대학 입시를 할 때 추천서가 중요하게 작용하기에 급하게 준비하기보다는, 신중하게 시간을 두고 부탁드려야 한다. 최대한 잘 준비해서 지원자의 특장점을 고루 담아낸 좋은 추천서를 받아내는 것이 당락에 영향을 미칠 수 있다.

에세이

에세이는 대학에 지원하는 학생 스스로에 대한 기록으로 볼 수 있다. 원서 접수 시 꼭 넣어야 하는 부분이기에 학생은 자신에 대한 진솔하고 자신감 있는 내용을 촘촘하게 채워야 한다. 에세이를 통해 사정관은 학생에 대해 면밀하게 파악할 수 있다. 만일 지원자의 부족한 부분이 있다 하더라도 솔직하게 써 내려간 기록을 통해 일정 부분 만회될 수 있기에 시간을 두고 공들여 쓰는 것이 중요하다.

구체적으로 적어보자면 첫 번째, 먼저 초안을 쓰기 전 지원자 스스로 자기 자신에 대해 생각할 시간을 충분히 가져야 한다. 질문에 대한 답을 그저 적기보다는, 본인이 어떤 지원자이며 어떻게 자신만의 아트로 세상을 바꿔나갈 수 있을지 곰곰이 생각해 보자. 전체적인 틀을 짠 뒤 에세이를 시작하는 게 중요하다.

그리고 두 번째, 서론을 가장 공들여 써야 한다. 입시 철, 수많은 지원자의 에세이가 몰리기 때문에 처음 단락에서 두각을 나타내야 입학 사정관의 눈에 들 수 있다. 단락마다 소제목을 두거나 강렬한 첫 문장으로 시작하는 것이 중요하다.

세 번째, 모호한 표현보다는 구체적 경험을 위주로 써 내려가야 한다. 지원자가 특정한 작업을 어떤 원인으로, 어떤 과정에 걸쳐 진행했는지 상세하게 적는다면 작품에 설득력이 가미된다. 포트폴리오 작품의 부족한 부분을 설명하는 근거가 되기도 하고, 나라는 지원자의 작품 세계를 좀 더 자세히 드러낼 수 있는 역할을 하기도 한다. 이러한 에세이 작성 후에는 전문가나 동료에게 보여주며 의견을 받거나 오타가 없는지 완벽을 기하는 것도 중요하다.

활동 이력(Extracurricular Activity)

미국 대학 입시에서는 주목할 만한 특징이 있다. 바로 전인적 평가방식(Holistic Review)을 택한다는 것이다. 이는 학업 점수와 같은 특정 요소만으로 학생을 판단하지 않고, 여러 영역에서 발휘한 능력과 성과와 환경을 고려한 전인적인 평가로 볼 수 있다. 수치화하기 어려운 끈기, 집념, 동기, 열정 등을 고려하고, 목표까지 도달해 낼 수 있는 능력에 가중치를 둔다. 그렇기에 미대 입시 때 공부뿐 아니라 추가 커리큘럼 활동(Extracurricular Activity)을 통해 인성적인 부분을 보여줘야 한다.

일명 비교과 프로그램이라고도 불리는 이 활동은 성적에 포함되는 프로그램은 아니지만, 학생 스스로 흥미를 느끼고 본인의 성과를 보여주기에 적절한 증빙자료가 될 수 있다. 또한 지원자가 학업뿐 아니라 그 외의 활동을 균형 있게 잘할 수 있는지를 보여주는 지표다.

만일 아트를 전공할 학생이라면 아트에 대한 관심과 열정을 증빙할 여러 활동과 내용을 더하면 좋다. 예를 들면 전시회, 미술대회, 클럽활동 등이 이 부분에 해당한다. 아트를 봉사활동과 연결하거나, 창의성을 드러낼 수 있는 전시 참여를 통해 점수를 높여보자.

포트폴리오

포트폴리오는 아트를 전공하는 학생들에게 가장 중요한 부분이다. 이는 학생 자신의 예술적 주제를 가지고 여러 가지 재료를 통해 발전시킨 작품들을 말한다. 다수 종합대학과 아트칼리지의 아트 전공을 하는 학생들에게 필수로 요구하고 있으며, 대학교에 따라 15~20개 사이의 작품으로 구성해야 한다. 대학교에 따라 특별과제(Challenge project)를 잘해야 하기에 꼼꼼하게 체크한 뒤 전략적으로 준비할 필요가 있다.

작품 소개

작품을 할 때 기본적인 작품의 의도와 소재 그리고 제작 과정을 말해주고 예술적 가치와 목표에 대해 말하는 작은 에세이 형식이다. 부가적인 부분으로 이 역시 꼭 필요하니 작품 제작 시 염두에 둬야 한다.

TOEFL/IELTS

국제(International) 학생들에게만 해당되는 사항으로 학교에 따라 TOEFL이나 IELTS 점수를 요구하는 곳들이 있다. 학교마다 점수의 최저 기준점이 다르기 때문에 꼭 확인 후 가고 싶은 대학의 점수를 받아두는 게 좋다. 동시에 공인 영어 성적 준비 시 기본적인 어학 수준을 끌어올릴 수 있으니 추후 미국 대학에 진학해서도 분명 도움이 될 것이다.

이처럼 미국 미술 종합미술대학 진학 시 필요한 사항을 알아보았다. 한눈에 보기엔 꽤 많은 것처럼 느껴질 수 있을 테지만, 입시를 준비하다 보면 이 모든 자료가 꼭 필요하다는 것을 실감할 것이다. 대학은 학생을 뽑는 것이지 전문 아티스트를 뽑는 곳이 아니다. 지금 현재의 나의 상황과 목표를 분명하게 보여주고 잠재력을 보여주면 학교는 해당 학생을 선택할 수밖에 없다. 그러므로 체계적으로 잘 준비한다면 분명 대학 진학이라는 꿈을 이룰 수 있다.

미대 진학 가이드

– 최고의 포트폴리오를 만드는 방법

디자인에 대한 중요성이 강조되며 순수 미술 외에 광고, 그래픽 디자인, 애니메이션 등 범위가 다양해지고 있다. 이에 미대 지원자는 갈수록 증가하는 추세다. 특히 국내에서도 여러 이점을 고려해 미국 미술대학 유학을 준비하는 사람들이 늘고 있다. 과도한 경쟁 속에서 꿈의 미대 진학을 위해 포트폴리오는 제일 중요한 부분이다. 시대의 변화와 흐름을 보여주며 학생의 창의적인 주제를 통해 작품을 보여줘야 하기 때문이다.

이번 챕터에서는 포트폴리오를 만드는 방법에 대해 좀 더 설명해 보겠다. 포트폴리오는 수많은 지원자 중 본인의 개성과 작품관을 보여주기 위한 확실한 경쟁력이 된다. 지원자의 생각과 실력 그리고 특징을 전달하기 위한 스토리 메이킹(Story making) 작품집이라고 보면 좋다. 미술대학에 지원할 학생들은 최고의 포트폴리오를 어떻게 준비해야 할까? 다음 사항을 주목해야 한다.

작품 수

대부분의 미술대학은 10~20개 사이의 작품을 요구한다. 대학별 지원하는 전공마다 평가 요소에 차이가 있으나 가장 공통적으로 학생들에게 요구되는 부분은 미술에 대한 기초적 이해(Foundation)와 학생 스스로 주제를 정하고 문제를 해결하는 능력(Problem solving skill)이다. 이때 차별점이 될 수 있는 것은 학생 스스로의 사고력과 아이디어를 표현할 수 있는 표현력이다. 다채로운 재료를 사용하여 다양한 표현을 할 수 있는지를 중점적으로 보기에 작품에 이를 골고루 담아내야 한다.

준비 기간

준비 기간은 최소 1년 이상이며 학생 자신이 무엇을 어떻게 시작하고 이루었는지를 포트폴리오에 담아내야 한다. 앞으로 발전

가능성을 보여줄 수 있는 부분까지 가미한다면 더할 나위 없이 좋은 포트폴리오가 될 수 있다. 급변하는 시대, 현대 사회의 여러 이슈를 작품에 녹여내거나 앞으로 본인이 하고 싶은 작품의 방향성, 그리고 관심사를 촘촘하게 담는 게 중요하다. 또한 작품이 얼마나 효과적으로 배치되었는지, 고민과 연구가 녹아들어 있는지를 꼭 담아내야 한다. 그렇기에 포트폴리오 준비 기간은 넉넉하게 잡고, 큰 틀에 맞추어 구현해 가야 한다.

중요성

포트폴리오를 쉽게 생각해서 짧은 기간에 만들 수 있다고 생각하는 것은 큰 실패를 가져올 수 있다. 그러기에 먼저 전문가의 도움을 받아 진정성 있게 생각하고 진지하게 방향성을 계획해야 한다. 그 뒤 지원자의 특성과 장점을 연구하여 타임라인에 따라 잘 만들어 내는 것이 무엇보다 중요하다. 이렇게 만들어진 포트폴리오는 기대한 것 이상의 결과를 가져와 많은 학생들의 꿈을 이루는 데 중요한 비중을 차지하고 있다. 학생의 노력과 학부모들의 적극적인 지원을 통해 최상의 결과를 이루어 나가길 기대해 본다.

포트폴리오데이 활용 Tip

만일 지원자 스스로 본인의 포트폴리오를 미리 평가받거나 객관적인 의견을 얻고 싶다면 방법이 있다. 바로 미국, 캐나다 및 유럽 전역의 여러 장소에서 개최되는 '내셔널 포트폴리오데이(National Portfolio Day)'를 활용하는 것이다. 대상자는 9학년 이상이며, 본인이 준비한 15점 이상의 작품을 지참해 평가를 받을 수 있다. 예비 미대생들이 본인의 작품을 평가받을 수 있는 좋은 기회며, 12학년의 경우 즉석 인터뷰를 통해 바로 입학 허가서를 받을 수도 있다. 대학의 입학 사정관과 1:1로 만나 개개인의 포트폴리오에 대한 피드백과 멘토링을 받을 수 있는 기회니 분명 적극적으로 활용해야 한다. 참여 대학과 일시는 달라질 수 있으니 매년 행사 정보를 꼼꼼하게 확인하자.

미대 진학 가이드

– 과외활동(Extracurricular Activities)

앞서 설명했던 미국 대학 진학 시 과외활동 제출은 필수적이다. 물론 다수의 과외활동만으로 대학에 들어갈 수는 없지만, 분명 지원자를 더욱 돋보이게 하는 요소가 될 수 있다. 학생의 잠재력과 인성을 보여줄 수 있고, 아트에 대한 진정성을 어필하기 충분하기에 대학에서도 과외활동에 꽤 높은 비중을 둔다.

예를 들어 학업 능력은 우수함에도 과외활동이 미약한 지원자라면 입학 사정관이 고민할 것이다. 반대로 학문적으로 최상위가 아니었을 때 다양한 과외활동이 뒷받침되는 지원자에게는 학생에 대한 믿음으로 합격이라는 결과를 줄 수 있다. 그렇기에 학생 스스로 부족한 부분이 있더라도 EA로 이를 상쇄할 수 있다는 생각으로 철저히 준비해야 한다. 봉사활동, 클럽활동, 튜터링 등 아트와 관련 있는 과외활동 종류도 다양하다. 과외활동 준비 시 중요하게 여겨야 할 점들에 대해 정리해 보았다.

Duration(기간)

학생에게 진정한 의미가 있는 활동이라면 당연히 오랜 시간 과외활동을 했을 것이다. 그러기에 활동을 언제 시작해서 어느 정도의 기간을 해냈는지에 대한 부분은 매우 중요하다. 특히 너무 많은 클럽활동을 단기간 참여하기보다는 한두 가지 종류의 클럽활동을 골라 꾸준히 참여했다는 걸 어필하는 게 훨씬 도움이 된다.

Role(역할)

학생이 오랜 시간 활동에 참여하고 여러 활동을 해냈다면 그 안에서의 역할이 분명히 있었을 것이다. 대학은 각자가 담당했던 역할을 통해 리더십이나 커뮤니티 스킬, 배려심, 봉사의식 등을 배웠을 것이라 기대하고 있다. 그렇기에 활동 안에서의 역할을 확실히 보여주는 것이 중요하다. 미국의 대학 입시 목적은 무조건적 지적

인재 양성보다는 지, 덕, 체가 조화롭게 어우러진 인재 양성에 있다. 따라서 얼마나 꾸준히 다양한 분야에서 지원자가 스스로를 닦기 위해 노력을 쏟았는지를 보여주는 게 유리하다.

Achievement(성과)

기간과 역할을 통해 지원자 본인의 진솔함을 보여줬다면 이후 과외활동을 통해 어떤 성과를 가지게 되었는지가 중요하다. 물론 결과론적인 성과도 중요하지만 이보다 더 중요한 것은 과정을 통해 노력하고 그 안에서의 어떤 문제를 해결해 왔느냐는 것이다. 지원자 스스로 쟁취해 낸 성과(Achievement)나 발전 과정을 결과에 녹여낸다면 더욱 좋은 점수를 받을 수 있다. 과외활동을 통해 어떤 결과를 받아들였는지를 설득력 있게 증명해 내야 한다.

미술 전공 학생에게 추천하는 과외활동 Tip

- 재능 기부할 수 있는 클럽활동(Volunteering) **커뮤니티 서비스**

: 커뮤니티에 자신의 재능을 기부해서 도울 수 있는 활동이 좋다. 예를 들어 저소득층 아이들에게 아트를 가르치거나 장애인들을 도와 아트를 전해줄 수 있는 것들이다.

- 미술대회

: 성과 위주, 결과 위주의 대회가 아니다. 열정과 아트에 관심을 제대로 보여줄 수 있는 부분이기에 과외활동으로 미술대회 참여 이력이 도움이 된다. 다만 성과에만 집착해 너무 많은 대회를 나가기보다는 본인의 강점과 역량을 제대로 보여줄 수 있는 대회를 선택해 나가는 것이 중요하다.

- 전시회

: 전시회 참여 시 중요한 점은 이 기회를 내 작품과 어떻게 연결 지을 것인지, 진정성 있게 어필할 수 있는지 여부이다. 보여주기식의 전시회보다는 학생 본인의 작품을 대중에게 선보이고, 이 전시의 목적과 과정을 스토리에 잘 녹여내야 한다. 그리고 어떤 평가를 받았는지, 잠재력을 충분히 보여주었는지 등이 우선되어야 한다.

- 아트에 관련된 인턴십이나 작품을 보여줄 수 있는 활동

: 대학은 전문가를 뽑는 게 아니라 교육 기관에서 잠재력을 발굴해 나갈 학생을 뽑는 곳이다. 아트와 관련된 활동이라면 규모가 크냐 작냐는 것보다는 얼마나 진정성 있게 자신을 어필할 수 있는 기회인지가 중요하다. 꾸준히 해나간 아트 관련 과외활동을 통해 자신이 괜찮은 학생이라는 부분을 진실성 있게 보여준다면 반드시 좋은 결과를 만들어 낼 것이다.

작품 뒤에 숨겨진 땀과 눈물

아이비리그 미대 종류

− Yale, Harvard, Princeton, Stanford, Columbia

코로나19 사태를 겪은 이후 미국 미술대학 입시에도 꽤 많은 변화가 있었다. 대학마다 입시 경향은 빠르게 변화했고, 각 대학의 특성을 알고 포트폴리오를 준비하는 게 무엇보다 중요해졌다. 명문 아이비리그 미대에는 어떤 곳이 있는지, 어떤 방향으로 인재를 양성하는지에 대한 부분을 소개해 보려 한다. 진학에 관심이 있는 학생과 학부모라면 본문을 통해 아이비리그 학교 종류를 파악하고 준비과정에 도움을 받을 수 있다.

예일대학 Yale University

예일대학은 미국의 IVY League에 속한 최고의 명문대학 중 하나이지만 미술 관련 학과가 유명하다는 것을 모르는 사람들도 의외로 많다. 1832년 갤러리가 최초로 설립되며 미술 학과가 시작되었다. 미술 전공은 소수 정예로 운영되기에 건축, 사진, 회화 그리고 그래픽디자인에서도 뛰어난 작가나 디자이너를 배출하고 있다. 특히 아트 분야에서 최고의 명문으로 1위를 달리고 있다고 해도 과언이 아니다.

예일대학은 3학년부터 전공 위주의 교육을 진행해 1, 2학년 때는 모든 학생이 전공을 선택하지 않고 예일대학 내 일반 전공과 긴밀하게 연계할 수 있다. 교류를 통해 그 폭과 깊이를 더해 학생 스스로 다층적인 사고를 가능하게 한다.

예일대학은 학생 스스로 다방면의 연구를 통해 아트와 타 장르를 접목하는 것을 중요하게 생각한다. 새로운 분야와의 협력을 통해 감각적인 요소를 표출하고, 실험적인 프로젝트를 도전하는 게 현재 미술계의 세계적인 흐름이기도 하다.

예일대학에서 학생들은 열린 자세를 통해 시각을 넓히고 새로운 도전으로 실패를 받아들일 줄 알게 된다. 즉, 스튜디오 중심의 커리큘럼을 통해 시각 예술에 대한 실용적이고 비평적인 이해를 얻게 되는 것이다.

또한 학부 학생들은 대학원 과정에 해당하는 프로그램을 수강할 기회도 주어지는데 강의, 평론, 전시회 등이 있다. 예일대학은 미래의 예술 실무자를 양성하는 최고의 교육 기관으로도 볼 수 있다.

 예일대학 진학 Tip

예일대 미술대학 포트폴리오의 조건은 5~8개의 이미지를 제출하는 것이
다. 타 학교에 비해 제출하는 작품 수가 적기에 최고 수준의 작품만 엄선하
여 나를 보여줄 수 있는 스토리로 제출하는 것이 중요하다. 제출된 포트폴
리오는 입학 사정관이 아닌 예일대 미술대학 교수진들이 검토한다는 것을
염두에 둬야 한다.

하버드대학 Harvard University

하버드대학은 2021년『타임지』선정 미술, 공연, 디자인 전공 분
야의 미국 칼리지 순위에서 1위를 차지했다. 대학 정보 사이트에
서 선정한 미국 칼리지 랭킹 전공에서도 상위에 올라 있다. 하지만
주변에서 미술 전공으로 미국 최고 명문인 하버드대학으로 진학
하는 경우는 생각보다 찾아보기 어렵다. 타 아트칼리지나 종합대
학교와 달리 하버드대학의 학부 입학 지원 시에는 전공 구분을 찾
아볼 수 없을뿐더러 그 명성만큼이나 입학시험이 만만치 않기 때
문이다. 하버드대학 목표 시 체계적인 계획을 세운 뒤 꾸준히 진행
해야 한다.

하버드대학 학부과정은 2학년 중반이 되기 전까지는 전공 분야

를 특정하지 않기 때문에 일반 전공과 똑같이 입시를 치러야 한다. 그러므로 학과 공부나 여러 평가 요소가 완벽하게 준비되어야만 합격을 할 수 있다. 비교적 아트 준비(실기)보다는 다방면에 뛰어난 학생들을 뽑는다. 그렇기에 처음부터 실기에 집중하기보다는 다양한 교양을 쌓은 후 2학년에 전공을 결정할 수 있다.

하버드에서 미술을 전공하려면 2학년 때 인문예술학(Art & Humanities) 분야 내에 있는 AFVS (Art. Film and Visual Studies)를 '집중(Concentration)' 전공 분야로 정하고 요건을 만족시키는 수업을 들어야 한다. 순수 미술과 영화 이외 디자인의 경우, 공학 분야 내에서만 선택할 수 있다. 때문에 다른 아트칼리지에서 선택하는 디자인 전공과는 사뭇 다를 것이다. 순수 미술은 학부 때 전공이 가능하나 석사 과정이 없는 것이 특징이다. 그렇다 보니 예술 지향적인 아티스트나 디자이너가 되고자 하는 학생들에게는 매우 제한적인 대학교이다.

 하버드대학 진학 Tip

포트폴리오는 25개까지 자유롭게 제출하면 되며 입학 시 성적이 일반 학과만큼 중요하게 작용한다. 꾸준한 성적 관리가 필수인 대학교다.

프린스턴대학 Princeton University

『US NEWS』가 선정한 2021년 전 미국 대학 순위 1위에 오른 프린스턴대학은 뉴저지에 위치한 미국에서 네 번째로 오래된(1746년 설립) 명문 엘리트 대학이다. 프린스턴대학도 역시 앞서 말한 예일대학(Yale University)이나 하버드대학(Harvard University)처럼 2, 3학년 때 전공을 정한다.

프린스턴대학에서는 학생들이 여러 분야를 탐구하고 동시에 한 분야에 집중적으로 깊이 이해를 개발할 수 있도록 장려하고 있다. 또한 졸업을 위해 학부생이 졸업 논문을 작성하거나 일부 엔지니어링 부서의 학생에게는 독립적인 프로젝트를 하도록 제시하고 있다.

프린스턴대학의 학생:교수 비율은 5:1이다. 신입생 세미나에서 수석 논문에 이르기까지 교수진은 학부 강의에 깊이 관여하고 있으며 개별적인 토론 상담 및 비공식 대화를 통해 학생들과 소통하고 있다.

프린스턴대학 진학 Tip

아트 포트폴리오는 추가 자료까지 약 20개 정도 구성하는 것을 추천하고, 지원자의 장점을 보여줄 수 있도록 다양한 자료 구성이 필요하다.

스탠퍼드대학 Stanford University

스탠퍼드대학은 최고의 명성을 자랑하는 곳이며, 현존하는 탑 대학으로 평가받는다. 특히 다중, 학제 간 연구(Multi/Interdisciplinarys studies)로 불리는 자율전공이 약 15%라는 높은 비율을 차지하고 있다. 또한 학생과 교수 비율이 5:1이기에 다양한 교류 및 협업이 가능하다. 스탠퍼드대학의 아트 전공은 아트 역사(Art history)와 아트 실습(Art practice), 디자인 임팩트(Design Impact), 영화 미디어(Film & Media) 등으로 구성되어 있다.

아트 실습(Art practice)을 전공하려면 대학에서 요구하는 포트폴리오가 필요하고 각각의 전공에 따라 세분화해서 넣어야 한다. 또한 학교에서는 시대가 원하는 공학과 자연과학 프로그램에 집중적으로 투자하기에 미술 전공 학생 역시 이 부분에 대한 협업이 요구된다. 해당 과정을 통해 다수의 스탠퍼드 졸업생들은 실리콘밸리에서 뛰어난 인재의 역할을 하고 있다. 졸업 후 취업에 대한 걱정을 덜 수 있을 정도로 명성이 높은 곳이다.

 스탠퍼드대학 진학 Tip

스탠퍼드대학 입학 시 포트폴리오를 준비할 때 그 누구보다 창의력을 바탕으로 본인의 컨셉을 제대로 보일 수 있는 작품이 필수다. 조각, 실험 미디어, 그림 사진 중 본인의 역량을 보여줄 수 있는 작품을 선택해야 하는데 사실상 합격의 당락을 결정하는 것은 포트폴리오의 차별성이다. 철저한 준비가 필수며, 10개 파일 이내로 제출해야 한다.

콜롬비아대학 Columbia University

콜롬비아대학은 미국 뉴욕의 맨해튼에 위치한 아이비리그에 속하는 사립대학이며 세계 최고의 명문대학 중 하나이다. 특히 서부쪽 학생들에게 아이비 중 제일 인기 있는 학교이기에 평균적인 정시 합격률 5.5%(class of 2022)보다 서부의 동양계 지원자 간 경쟁은 더 치열해질 수 있다. 그래서 합격률이 조금이라도 높은 얼리 전형(Early decision)을 추천한다. 2022년 얼리 전형(Early decision) 합격률은 15.9%로 정시 입시 5.5%보다는 확실히 기회가 높은 편이다.

콜롬비아대학은 위치상 세계 중심 문화의 중심인 뉴욕의 맨해튼에 있을뿐더러 세계에서 가장 영향력 있는 언론사, 음악, 미술 등의 문화센터가 대학 주변에 위치해 있다. 미술 역시 위치상 특성에 영향을 받아 꾸준히 발전해 오고 있다. 또한 콜롬비아대학교는 15여 개가 넘는 단과대학을 보유하고 있다. 이 중 미술 디자인 전문 대학원 과정을 운영하고 있는 단과대학이 콜롬비아 예술대학(School of the Arts)이고 미술 디자인 학부과정은 콜럼비아대학(Columbia College)에서 운영되고 있다.

콜롬비아 예술대학(School of the Arts)에는 Film, Film media studies, Theatre, Visual Arts Writing 등의 전공이 있고, Visual Arts 전공 안에는 Painting, Photography, Sculpture, Undergraduate visual arts 등의 프로그램이 있다.

입학 시 지원자 개개인의 특성 있고 독특한 실력을 발휘할 수 있는 포트폴리오를 선호한다. 또한 이곳은 전 세계에서 손꼽히는 리서치 기관 중 하나이기에, 아트 전공 지원자일지라도 리서치 경험이 있는 학생을 선호하는 편이다.

 콜롬비아대학 진학 Tip

콜롬비아대학 입학 시 제출해야 하는 포트폴리오는 최대 20 작품이며, 다양한 수단을 활용한 수준급 미술 실력이 필수다. 더욱이 리서치와 미술 포트폴리오의 연관성을 고민하는 것이 핵심이다.

Chapter

4

아트칼리지와
포트폴리오 작성법

아트칼리지가
궁금하다!

미국 미술대학은 크게 종합미술대학(School of Arts)과 미술 전공
에만 집중하는 아트칼리지(Art College) 두 가지로 구분할 수 있다.
이 두 가지 종류의 대학은 똑같이 미술 전공일지라도 입학 방법이
다르다. 아트칼리지, 미술 전문대학은 주로 사립대학이며 종합대
학 내 미술대와는 달리 GPA, SAT(Optional), 추천서 등과 함께 포트
폴리오 제출이 필수다. 특히 유학생들은 토플시험을 봐야 한다.

미술 전문대학에서는 기본적인 몇 가지 교양 과목 외에는 주로
전공 과목에 집중해야 한다. 대학별로 전공 분야가 다르기에 학교

웹사이트를 참조하거나 안내서를 미리 입수해 각 학교의 특징을 확인하는 게 필수다. 또 학비, 주변 환경 등을 살펴 지망 대학을 선택하는 것이 바람직하다.

예술 전문대학은 예술 분야만 가르치기 위해 설립된 학교로 대표적인 학교는 CalArts, Art center, Rhode Island School of Design 등 있다. 예술 전문대학은 또 대부분이 소규모이고 위치한 지역이 예술가를 위해 도심의 중앙이나 아니면 아예 한적한 교외에 있어 종합대학에 비해 학생들이 훨씬 아늑한 분위기를 느낄 수 있다. 하지만 예술 분야에 외에 전반적인 교양 과목은 풍부하게 제공하지 못하는 한계가 있어서 기초과학 분야에 관한 학문이 종합대학에 비해 일정 수준에 미치지 못한다.

전공과 지원 시기

자신의 적성과 각 미술대학의 특징을 면밀하게 검토해 전공 및 학교를 선택해야 한다. 지원서 마감일은 학교마다 다르지만 9월 입학을 원하는 경우 전년도 11월부터 원서 작성에 들어가야 한다. 장학금이나 재정 보조를 위해선 미리 원서를 제출할 필요가 있다.

포트폴리오 중요성

포트폴리오의 우수성이 미대 입학을 좌우한다. 그러므로 적어도 1년 전부터는 체계적인 준비를 시작해야 한다. 포트폴리오는 아이디어 표현이 제일 중요하다. 본인의 생각이나 중점적인 주제가 있는 포트폴리오가 만들어져야 한다. 미술 전문대학에 신입생으로 지원할 경우 평균 12~20점의 작품을 슬라이드로 만들어 제출하게 된다.

아트칼리지 종류

- Art Center College of Design: www.artcenter.edu
- School of The Art Institute of Chicago: www.saic.edu
- Fashion Institute of Technology(FIT): www.fitnyc.edu
- Parsons School of Design: www.parsons.edu
- Pratt Institute: www.pratt.edu
- Rhode Island School of Design: www.risd.edu
- School of Visual Arts: www.sva.edu
- The University of the Arts: www.uarts.edu

아트칼리지 종류

– Parsons, RISD, SAIC, 아트센터, 칼아츠

Parsons School of Design(The New School) **: 파슨스**

미국 뉴욕 맨해튼에 위치한 디자인 아트칼리지로 뉴스쿨 소속
단과대학 중 하나이다. 우선 최고의 디자인스쿨 중 하나로 꼽히며
2022년 QS 디자인 랭킹 패션 부분 1위를 차지했다. 또한 세계 최고
의 패션디자인스쿨 중 하나로도 꼽힌다. 파슨스는 글로벌 예술의 중
심, 유명 디자이너와 예술가들 배출로 막강한 영향력 자랑하기에 졸
업 후 선후배와의 교류나 진로가 활발한 편이다. 파슨스 특징으로는
입학 후 1학년은 전공 수업 관련 없이 배워볼 수 있다는 것이다.

파슨스 진학 시 필요 서류

- 지원서, 최종학력 성적 증명서, 졸업 증명서
- 포토폴리오, 에세이, 추천서
- 유학생: 영어 성적 필요 (TOEFL/IELTS)

Rhode Island School of Design(RISD) :
로드아일랜드 스쿨 오브 디자인

미국의 대표적인 디자인 명문으로 동부지역 로드아일랜드의 프로비던스에 위치한 4년제 사립 아트칼리지이다. 우선 로드아일랜드 스쿨 오브 디자인은 학교 자체적으로 다양한 스폰서십과 차별화된 프로그램을 운영해 학생들이 다양한 경험을 할 수 있도록 지원한다. 또한 실무적으로도 미국 기업과의 공동프로젝트를 다수 진행하는 편이다. 추가로 아이비리그 브라운 대학과 연계수업으로 이중 학위 프로그램이 가능하고 해외 대학과 교환학생 프로그램을 운영해 학생들이 자율적으로 선택할 수 있는 범위가 높다.

RISD 진학 시 필요 서류

- 지원서, 최종학력 성적 증명서, 졸업 증명서
- 포토폴리오, 에세이, 추천서
- 유학생: 영어 성적 필요 (TOEFL/IELTS)

The School of the Art Institute of Chicago(SAIC) :
시카고 미대

미국 시카고에 위치한 이곳은 최근 몇 년간 미국 대학원 순수 미술(Fine art) 부분에서 연속 랭킹 1위를 차지했다. 명문 미대로서 전문적인 창의적 중심의 실기교육을 추구하는 최고의 아트칼리지다. 학교 특징으로는 이론교육과 실기교육을 병행한다는 점이 있다. 또한 SAIC는 뮤지엄, 갤러리, 작업실 등 학생들의 탁월한 교내 시설이 잘 갖춰져 있다. 다양한 예술 서적 보유한 도서관 역시 자랑할 만한 점이다. SAIC는 세계적 아티스트 다수 배출했기에 명성 또한 좋은 편이다.

SAIC 진학 시 필요 서류

- 지원서, 최종학력 성적 증명서, 졸업 증명서

- 포토폴리오, 에세이, 추천서
- 유학생: 영어 성적 필요 (TOEFL/IELTS)

Art center College of Design: 아트센터

미국 캘리포니아주 패서디나에 위치한 미국 명문 사립대학이다. 이 학교는 엔터테인먼트 산업에 앞서 있는 서부의 명문 예술 사립 대학이며, 자동차 제품, 엔터테인먼트, 콘셉트 디자인 산업에 관련 된 모든 디자인 분야에서 유명하다. 특히 실용성과 실무성을 강조 하는 커리큘럼으로 유명하다. Benz, BMW 협업 디자인 등 최고의 디자이너 배출 학교이기에 사회 진출에도 용이하다.

아트센터 진학 시 필요 서류

- 지원서, 최종 학력 성적 증명서, 졸업 증명서
- 포토폴리오, 에세이, 추천서
- 유학생: 영어 성적 필요 (TOEFL/IELTS)

California Institute of the Arts(CalArts) : 칼아츠

California Institute of the Arts는 줄여서 '칼아츠'라고 하고 미국 캘리포니아 발렌시아에 위치한 명문 사립대학이다. 이 학교는 주목할 만한 점이 있는데 월트 디즈니와 로이 디즈니에 의해 만들어져 애니메이션으로 유명하다는 것이다. 시험 성적보다는 실기 실력이 더 중요하며, 시각적, 공연적 예술을 함께 배울 수 있는 장점이 있다. 교육철학은 'One-to-One mentoring'으로 학생과 교수의 친밀한 상호작용을 중요시한다.

칼아츠 진학 시 필요 서류

- 지원서, 최종 학력 성적 증명서, 졸업 증명서
- 포토폴리오, 에세이, 추천서
- 유학생: 영어 성적 필요 (TOEFL/IELTS)

미국 미대
디자인 전공 Top 10!

　이번 챕터에서는 미국 내 디자인 전공으로 유명한 상위 대학교를 알아볼 차례이다. 생활방식이나 패턴의 변화로 디자인에 대한 관심과 중요성이 높아지고 있다. 순수 미술 이외에, 현재 미국 내에 어떤 학교가 디자인 전공으로 유명한지 Niche College Rankings에서 발표한 자료를 고려해 미국 내 미술대학 디자인 전공 상위 10개 학교와 특징을 요약해 소개한다.

Carnegie Mellon University_(CMU)

카네기멜런대학(CMU)은 건축(School of Architecture), 순수 미술(School of Fine Art), 디자인(School of Design), 드라마(School of Drama), 음악(School of Music)으로 세분화되어 있다. 이 중 미술이나 디자인, 음악을 전공할 경우 BXA(Intercollegiate Degree Program)에 지원할 수 있다. 카네기멜런대학이 자랑하는 BXA 학위 프로그램은 미술과 공과대학 등 다른 학문을 융합한 카네기멜런대학만의 독특한 융복합 프로그램이다.

University of Southern California_(USC)

University of Southern California는 캘리포니아에서 가장 오래된 사립학교다. BFA Design 광고, 출판, 패션, 스포츠 엔터테인먼트, 영화 디자인 다양한 경력을 쌓는 4년 전문 학위이다.

Washington University in St. Louis_(WashU)

미 중부 미주리주 세인트루이스에 위치한 워싱턴대학 일명 와슈(WashU)라고 불리는 이곳은 워싱턴 유니버시티 세인트루이스 샘 폭스 디자인 & 시각 예술 학교이다. 루이스 건축 미술, 디자인 교육의 선두 대학이다. 혁신적인 연구와 창의적 실천을 통해 우수한 학생을 배출하고 있다.

Rhode Island School of Design(RISD)

로드아일랜드 스쿨 오브 디자인은 로드아일랜드 프로비던스에 위치한 미술대학이다. 도전적인 스튜디오 프로젝트를 통해 창의적인 디자인을 만들어 낼 수 있게 하는 최고의 아트칼리지 중 하나이며 아이비리그 브라운 대학과 듀얼 프로그램도 할 수 있는 학교이다.

New York School of Interior Design(NYSID)

뉴욕에 위치한 뉴욕 인테리어 디자인스쿨은 사립대학으로 실내 환경 디자인에 전념하고 있다. 학생들의 꿈을 실현할 수 있도록 최대한 다양하고 질 좋은 환경을 지원한다.

College for Creative Studies(CCS)

미시간주 디트로이트에 있는 사립대학이다. 기술과 실무 경험을 중요하게 생각하고 다양한 분야에 걸쳐 여러 학위 및 인증 프로그램을 제공한다.

California Institute of the Arts(CalArts)

캘리포니아 발렌시아에 위치한 대학으로서 칼아츠(CalArts) 그래픽디자인 프로그램은 스튜디오 커뮤니티 내에서 두려움 없는 탐색 및 혁신적인 제작을 통해 차세대 그래픽 디자이너를 육성한다. 1:1 멘토링 시스템이기에 학생들의 학업 코칭 및 진로 탐색이 용이하다.

Northeastern University

노스이스턴대학은 보스턴에 위치한 사립대학이다. 디자이너들의 다양한 지식 분야에 의미, 창조 구성에 대해 제안할 수 있도록 도와준다.

UCLA(University of California, Los Angeles)

로스앤젤레스(Los Angeles)에 위치한 UCLA 디자인 미디어 예술부(DMA)가 유명하다. 특히 학교 내부적으로 학생들의 사회적, 문화적으로 관련된 사물 경험 공간 등을 만들기 위해 노력하고 도와준다.

Pratt Institute

프랫 인스티튜트(Pratt Institute School of Architecture)는 뉴욕시에 위치하고 있으며 디자인 분야의 학제 간 공통점을 인식하며 창의적인 노력이 세상을 비판적인 방식으로 형성할 디자이너들 연결하고 교육하는 곳이다.

이처럼 미국 내 디자인 전공 상위 학교의 경우 산업과 연계해 최신 동향과 기술을 체계적으로 배울 수 있다는 장점이 있다. 또한 학생들의 학제 간 연구를 통해 예술적 성장을 도모하기에 사회 진출이 더욱 빠르고 잘 이루어질 수 있다. 만일 디자인에 관심이 있다면 해당 학교를 고려해 보는 것도 좋겠다.

나만의 경쟁력,
포트폴리오 제작법

    종합미술대학, 아트칼리지 등 미술 미술대학에서 학생을 뽑을 때 가장 중요한 점은 바로 포트폴리오다. 포트폴리오는 지원 학생의 생각과 의도를 제대로 보여주는 작품집으로서 개인의 역량을 어필하기 좋은 요소이기 때문이다. 물론 개인마다 차이는 있겠지만 포트폴리오에서 가장 중요한 것은 독창성(Originality), 다양성(Diversity), 테크닉(Technique)과 같은 세 가지 포인트다. 이러한 특성이 잘 드러나도록 작품을 만들어야 한다. 특히 나만의 색깔, 스토리가 잘 묻어난 포트폴리오야말로 좋은 성적을 얻을 수 있다.

아트칼리지의 경우 1~2년 사이에 만들어진 10~20개 가량의 작품이 필요하다. 질 좋은 포트폴리오를 만들기 위해서는 자신의 특성과 생각을 파악하여 스토리 메이킹이 되어야 한다. 단계별로 '좋은 포트폴리오를 준비하는 과정'을 알아보자.

1단계

먼저 포트폴리오의 전체적인 컨셉을 정하고 임팩트 있게 보여주기 위해서 작품의 아이디어 순서를 정해야 한다. 완성도 높은 작품을 제작하는 것도 중요하지만 그 작업을 만들기까지의 과정을 보여주는 아이디어 스케치북이나 작품 기획 의도 이미지를 중간마다 첨부해야 한다. 또한 작품 배치 역시 전체적인 틀에 맞게 설득력 있게 이루어져야 한다. 이러한 과정은 작품마다의 근거가 되어주며, 지원자를 심층적으로 이해하는 데 도움이 된다.

2단계

포트폴리오에 넣을 작업을 충분한 시간을 가지고 준비해야 한다. 특히 다양한 재료를 사용하고 획기적인 시도를 하는 게 중요하다. 마지막으로 모든 작품의 완성도를 높이는 데 집중하면 좋다. 그저 만들기만 했다고 끝나는 것이 아닌, 포트폴리오에 들어갈 작품을 리뷰하고 수정해 나가며 발전시키는 작업이 필요하다는 것이다.

포트폴리오는 무수한 시간과 열정이 들어가고 오랜 시간 나만의 작업을 쌓아온 노력의 결과이기에 무엇 하나도 소홀히 할 수 없다. 포트폴리오는 결코 쉽게 만들어지는 작업이 아니기에 처음부터 끝까지 자기만의 다양한 아이디어와 재료를 시도하고 모험하는 게 중요하다.

3단계

마지막으로 작품 촬영 및 디지털화하는 과정이 꼭 필요하다. 작품 제작 마지막 과정에서는 고화질로 작품을 촬영하고 에디팅해야 하는데, 미국의 미술대학들은 디지털 이미지를 업로드하는 방식으로 포트폴리오를 제출하고 있다. 그렇기에 원하는 대학 리스트에 맞추어 정리하는 과정이 필요하다.

또한 모든 작품에 작품 설명이 필요하다. 작품 이미지만을 보여주는 것이 아니라 작품에 대해 명확하고 설득력 있는 설명을 첨부해 설득력과 타당성을 더해야 한다. 이렇게 세 단계로 타임라인에 맞춰서 포트폴리오를 제작한다면 점차 구조가 잡힐 것이다. 처음에는 어려워 보이겠지만, 체계적인 로드맵을 세워 진행해 나간다면 분명 좋은 결과를 얻을 수 있을 것이다.

| 포트폴리오 제작 과정

아트 포트폴리오 VS
서플리먼트 포트폴리오

2024년 입시 시즌을 마무리하며, 나는 교육의 판도가 얼마나 빠르게 변화하고 있는지를 목격했다. 변화하는 입시 환경에 적응하고, 최신 정보를 미리 알아두어 잘 준비하는 것이 그 어느 때보다 중요해진 것이다. 최근에도 많은 학생과 부모님과 상담하며 아트가 입시에 얼마나 영향을 미치는지에 대한 질문을 받았다.

이에 따라, 아트 전공을 희망하는 학생들이 준비하는 전문적인 아트 포트폴리오와 전공과 관련 없지만 특기와 활동을 보여주기 위한 서플리먼트 포트폴리오의 차이점에 대해 명확히 해보고자 한다.

먼저, 서플리먼트 포트폴리오에 대한 일반적인 오해를 바로잡고자 한다. 많은 이들이 서플리먼트 포트폴리오에 들어가는 작품의 수준이 낮아도 원하는 개수만 맞추면 합격에 큰 영향을 줄 것이라 생각한다. 하지만 이는 잘못된 인식이다. 아트 포트폴리오뿐만 아니라 서플리먼트 포트폴리오도 수준과 완성도가 높아야 하기 때문이다. 아트 포트폴리오는 현재의 생각과 앞으로의 비전을 작품에 담아 보여주는 결정적인 비주얼 레주메의 역할을 한다.

서플리먼트 포트폴리오는 다양한 교외활동을 하는 데 있어서 지원자가 정확한 이해도와 목표를 가지고 깊이 있게 하고 있는가가 중점적으로 작용된다. 그렇기에 통일성 있는 활동을 쌓아나가는 것이 중요하다.

시대가 변화함에 따라 더 많은 학생들이 아트 포트폴리오 준비에 집중하고 있다. 일부는 포트폴리오 준비를 너무 가볍게 여기는 경향이 있지만, 이는 결코 쉬운 과정이 아니다. 충분한 시간과 노력을 들여야만 입시에서 좋은 결과를 얻을 수 있기 때문이다. 아트 포트폴리오와 서플리먼트 포트폴리오 모두 학생의 의지와 목표를 명확히 보여줄 수 있는 작품집이 되어야 한다.

변화하는 입시 환경,
정답은 인아트

급변하는 현대 사회의 흐름에 발맞춰 미국의 미술 입시 역시 계속 변화하고 있다. 이러한 변화는 지원자들이 변화된 사항에 맞춰 새롭게 준비해야 함을 의미한다. 해외 미술 입시 전문가뿐 아니라 유학생, 학부모라면 입시 변화 사항에 촉각을 곤두세워야 한다는 뜻이다. 대학에서 어떤 이유로 입시 정책을 변화하고, 무엇을 요구하는지 알아내야 유리한 입장에 설 수 있기 때문이다.

예를 들어 아이비리그에 속한 코넬대학의 경우 22년까지 포트폴리오 제출 작품 수는 20개로 한정되어 있었다. 그러나 23년부터 학생들이 답하고 만들어야 하는 새로운 6개의 질문 세트를 만들어 요구하고 있다. 이처럼 시시각각 입시정보가 변화하기 때문에 입시 준비 기간에도 혹시 변화된 사항은 없는지 확인할 필요가 있다.

추가로 미국 대학에서는 40여 년 동안 입학전형에서 소수자 우대 정책(Affirmative Action)을 두고 있었다. 흑인, 원주민 인디언, 히스

패닉계 등 소수 인종 지원자 학생들은 입학 시 가점받을 수 있었으나 6월 29일 연방 대법원에서는 이 정책을 위헌으로 판단하고 해당 정책을 폐지했다. 소수 우대 정책이 없어졌다고 하더라도 코리안 아시안계에게 무조건 유리한 영향이 올 것이라는 막연한 기대는 금물이다.

다만, 이러한 변화는 대학 입시 때 학생 개개인의 상황적 한계보다는 그 누구도 부인할 수 없는 높은 수준의 실력에 좀 더 중점을 두겠다는 뜻을 내포하고 있다. 그렇기에 에세이에는 개개인의 성향에 맞는 독특하고, 확실한 동기부여 담겨 있어야 한다. 그리고 과외활동 역시 무작위로 하기보다는 큰 틀에 맞추어 방향성을 갖고 해야 한다. 목표로 하는 대학의 인재상에 맞게 자신을 잘 가꾸어 나가야 한다는 것이다.

그런 의미에서 인아트는 지난 20년 넘게 LA의 최고 명문 입시 학원의 위치를 굳건히 지켜오고 있다. 다년간의 입시 미술 경력을 바탕으로 학생들의 잠재력을 발휘할 수 있는 프로그램을 연구해 왔다. 인아트에서는 초~고등학교 저학년까지 입시 전문반을 준비하고, 미국 유학 준비생 프로그램을 따로 두어 1:1 상담을 통해 맞춤형으로 진행한다. 순수 미술, 디자인 기초를 쌓을 수 있는 다채로운 프로그램이 마련되기에 학생들은 커리큘럼에 맞춰 잘 따라오기만 하면 된다.

특히 미국 미술대학 입시에서 가장 중요한 부분은 학생 각자 창의적인 타임라인 안에서 로드맵을 그리고, 기한을 놓치지 않고 구체적 성과를 쌓아나가는 것이다. 인아트는 자체적으로 갤러리를 두고, 전시와 기획에 학생이 직접 참여할 수 있도록 돕고 있다. 또한 커뮤니티 안에서 아트 관련 봉사활동을 할 수 있는 기회가 주어진다.

더욱이 인아트의 경쟁력은 현직 작가들과의 협업을 통한 실무 기회 제공이다. 입시 전 각계에 흩어진 전문가들과의 연계를 통해 뮤지엄 인턴, 디자인회사 실무 경험 등을 쌓을 수 있다. 이후 대학 재학 및 졸업생들을 대상으로 미술 유학 인턴십을 통한 비자 발급까지 연계해 주기에 학생들은 체계화된 시스템 속 학생들이 방향을 잃을 걱정이 없다.

특히 인아트에서는 매년 수십 명씩 아이비리그를 포함한 명문대학에 장학금을 받으며 입학시키고 있기에 명실상부 미국 최고 미술 입시 전문기관이라 자부한다.

CHANGE

THE WORLD

예술을 통한
희망과 나눔의 실현

아크릴 물감을
닮은 아이들

이전 세 번째와 네 번째 챕터에서는 미국 미술대학 입시 가이드에 대한 가이드와 포트폴리오 제작법에 대해 설명했다. 마지막 챕터에서는 아트가 어떻게 세상을 바꾸는지에 대해 풀어보고자 한다. 인아트 학생들과 함께했던 봉사활동, 새로운 도전, 더 나아가 나의 최종 목표에 대해 이야기한다면, 분명 더 많은 이들에게 아트를 통한 용기를 줄 수 있을 것 같기 때문이다.

오랜 시간 입시 미술을 지도해 오며 나는 차세대 리더를 양성해서 더 좋은 사회를 만든다는 사명감과 책임감을 가져왔다. 특히 인아트가 어느 정도 자리를 잡은 뒤에는 학생들의 비교과 활동을 쌓는 방향성에 좀 더 집중했다. 학생들이 단순히 실기에만 몰두하기보다 자신이 가진 재능을 사회나 공동체를 위해 쓸 수 있는 바탕을 마련해 주고 싶었다. 이는 실제로 미국 미술대학 입시 시 비교과 활동을 중요시하는 이유이기도 하다.

　이런 취지에 깊이 공감하고, 또 학생들에게 뜻깊은 기회를 주고 싶은 마음에 16년 전 '하트 셰어'라는 비영리 단체를 설립했다. 때는 2002년으로 거슬러 올라간다. 장애인 토요스쿨에서 주기적으로 아트를 가르치며 마음이 한 뼘 더 자라나는 것 같았다. 비단 세상 사람들에게 내 작품을 보여주는 것만이 목적이 아닌, 아트가 도움이 필요한 이들에게 기쁨이자 행복으로 다가가는 게 행복했기 때문이다. 인아트 학생들에게도 그 마음을 알려주고 싶었다.

| 하트 셰어 봉사활동

그 후 뜻이 맞는 학생들과 함께 가벼운 장애가 있는 학생부터 중증 장애인들까지 모여 있는 센터를 찾았다. 특히 기억에 남는 봉사활동은 벽화 그리기였는데, 라크라센터에 인아트를 열며 지역의 낡은 건물 외벽에 희망의 그림과 메시지를 담는 일을 지속했다. 처음엔 의무감으로 그림을 그리던 학생들이, 봉사활동이 지속되며 얼굴이 밝아지는 것이 보였다. 땀을 뻘뻘 흘리며 드넓은 벽을 채워가는 제자의 모습을 보며 자랑스럽고 뿌듯했다.

이후로도 하트 셰어에서는 1년에 최소 3~4번씩 커뮤니티의 큰 벽면을 채우는 벽화를 완성한다. 수영장, 학교, 시설 벽화 등 다양한 곳을 작업했는데, 이젠 대기를 원하는 곳도 있을 만큼 많이 알려지게 되었다. 특히나 이 봉사활동을 통해서 아이들은 개인 아트 작업의 영감과 나눔의 가치를 얻을 뿐 아니라, 주도성을 기를 수도 있다. 예를 들어 처음엔 큰 벽을 마주하고 어쩔 줄 모르는 아이들이 이후 기획서부터 디자인, 색채까지 완성해 나가는 모습을 보는게 신기하다. 아이들의 마음이 꼭 그들이 손에 쥔 아크릴 물감과 같다는 생각이 든다.

벽화 사용에 주로 쓰이는 아크릴 물감은 부착력이 강한 데다가 시간이 오래 지나도 꾸준히 유지된다. 어떠한 환경에도 잘 녹아들어 아름답게 만드는 특성처럼, 아이들 역시 다양한 환경에 스펀지처럼 잘 녹아든다. 유연하고 사려 깊은 마음가짐의 그들을 보며 도리어 내가 배우는 점이 많다.

도움의 손길이 필요한 곳에 다채로운 빛을 더하는 아이들의 마음과 향이 오래도록 지속될 것을 알기에, 하트 셰어는 내게 큰 의미가 되어준다. 종종 작업을 마친 아이들이 내게 다음 봉사에도 함께하고 싶다고 먼저 말하는데, 그때 엄청난 보람을 느낀다.

　동시에 '하트 비전'이라는 단체도 운영하고 있다. 하트 비전은 최근 신설된 클럽으로, 자폐로 세상과 소통이 어려운 이들을 돕는 단체 시소 재단(Seesaw Foundation)과 협력하여 봉사를 진행한다. 앞이 보이지 않거나, 저시력인 학생들을 위한 교육 프로그램도 제공 중이다. 이들을 위해 특수 아트 교육을 제공하며, 아트에 익숙하지 않았던 학생들이 잠재된 능력을 발휘하고, 고유의 색을 발견해 나갈 수 있도록 만드는 것이 목적이다.

　하트 비전 봉사에 함께한 인아트 아이들은 상대의 눈높이에 맞춰 설명하거나 기다려 주는 법을 터득한다. 또한 학생들이 교육 프로그램에 잘 적응할 수 있도록 격려해 준다. 단순히 아트 실기에만 열중했다면 알기 어려웠을 감정을 느끼고 다채로운 경험을 하게 되는 것이다.

　'라이온즈 아트'는 이 모든 것을 통합한, 나의 재능이 어느 봉사에 적합한지 연결해 주는 플랫폼이다. 다양하게 준비된 클럽 내에서 나에게 맞는 봉사를 매칭시켜 주는 역할을 하고 있기에, 아이들은 부담 없이 자신과 맞는 활동을 선택할 수 있다.

　이처럼 인아트에서 제공 중인 다양한 봉사활동은 단순히 입시를 위한 도구라기보다, 아이들의 본질을 성장시키는 데 목적이 있다. 그간 아이들이 경험하지 못했을 일들을 인아트를 통해 가능하게 하고, 더 나아가 대학 입학 후에도 그 마음을 잊지 않고 사회, 세계에 이바지하는 인재가 될 수 있는 발판을 마련해 주는 것이다. 봉사활동으로 변화하는 아이들을 모습을 볼 때마다 말로 형용할 수 없는 큰 기쁨을 느낀다.

아크릴 물감처럼 풍부한 개성을 지닌 아이들이 더 좋은 방향으로 자라나도록 지도자로서의 책임을 매번 잊지 않으려고 한다. 인아트에서 배운 가르침을 잊지 않고, 아이들이 내면을 단단히 채워 좋은 인재로 성장했으면 한다. 무한한 가능성을 품고 있는 아이들을 위해 내가 더 노력해야겠다는 생각이 든다. 지도자로서의 막중한 책임감이 시간이 가면 갈수록 진해진다.

| 벽화 봉사에 참여하는 학생

새로운 도전, 라디오
주파수에 흐르는 아트

　인아트를 20년 이상 운영하다 보니, 자연스레 입시정보의 전문가가 되었다. 시시때때로 바뀌는 입시정보를 정확히 알아두어야 매년 최선의 결과를 만들 수 있기 때문이다. 더욱이 감사하게도 매년 입시 결과가 좋았기에 입소문을 타고 학부모님과 학생 상담이 폭발적으로 늘어나던 중이었다. 이렇다 보니 자연스레 미국 미대 입시에 대한 정보 요청이 곳곳에서 많이 들어오기 시작했다. 그중 하나가 바로 라디오 방송이었다.

　'AM1230 우리방송'은 미국 캘리포니아주의 로즈앤젤레스 대도 시권, LA 카운티와 오렌지카운티를 아우르는 지역을 권역으로 하는 24시간 한국어 라디오 방송이다. 한인 커뮤니티 내에서 가장 유명한 라디오 방송에서 섭외 요청이라니. 낯설었지만 흥미로웠다. 방송의 특성상 한 번의 녹음으로도 다수의 사람에게 정보를 전달할 수 있기 때문이었다.

처음에는 조심스러운 마음이 있었지만, 한번 도전해 보자는 마인드로 라디오 방송에 응했다. 정보 플러스라는 라디오 코너에서 미국 내 미술대학 입시정보를 소개하는 역할을 약 7~8년간 맡아 진행했다. 전문가 패널로서 정확한 정보를 전달하기 위해 열심히 연구했다. 또한 합격 방법이나 생생한 합격 사례를 정리하거나, 학부모님들의 입시 질의응답을 받는 시간도 있었다.

그중 한 학생의 급한 연락이 기억에 남는다. 대학 원서 마감 시간 몇 분을 남겨놓은 시점이었다. 긴박한 목소리로 라디오에 사연 전화를 걸어, 입시 원서를 제출한 상태인데 아트워크를 넣을 슬라이드룸을 찾지 못했다는 것이었다. 이 부분이 충분히 이해 갔던 게 학교마다 슬라이드룸 페이지를 까다롭게 만들뿐더러, 방법이 달라서 전문가의 도움 없이 어려울 수 있기 때문이다. 나 역시 긴박해져 바로 그 학생에게 방법을 알려주었고 다행히 마감 시간에 맞추어 자료를 제출할 수 있었다. 후에 학생은 덕분에 미국 내 유수한 대학 와슈(Washu)에 합격할 수 있었다며 감사 인사를 전했다.

이외에도 방송을 통해 알게 된 한 학생의 입시를 도와 파슨스 디자인스쿨에 합격시킨 사례가 있다. '파슨스 챌린지'라는 시간이 꽤 걸리는 프로젝트를 준비해야 하는 상황이었는데, 너무 늦게 찾아와 학생 본인 역시 당황해하던 중이었다. 그러나 몰입도 있게 입시를 지도하고, 학생을 안심시켰다. 특히 파슨스 챌린지는 지원자가 미리 제출한 작품에서 영감을 받은 새로운 시각 작품을 만들어야 하는 과정이다. 본래 제출했던 작품의 개념이나 주제의 연장선으로 아이디어가 어떻게 발전해 왔는지를 설득력 있게 설명하는 과정이었다.

이렇게 방송으로 연이 닿아 지도한 아이들의 결과가 좋았을 때 이루 말할 수 없이 행복하고 놀랍다. 미국 내에는 수많은 미술대학이 존재하고, 학생들은 필수 요구사항을 준비하는 과정에서 여러 정보가 혼합되어 헷갈리기 마련이다. 때마다 전문가의 눈으로 우선순위를 세우고, 학생의 잠재력을 발휘할 수 있는 가장 최적의 방법을 고안해 냈다.

입시 특성상 정해진 루트를 그대로 따라가는 것이 능사가 아니다. 학생 개개인의 재능과 창의력을 가장 최적의 수준으로 끌어올리는 것이 핵심이다. 누군가의 인생에서 굉장히 중요한 대학 입시 정보를 방송을 통해 전달하고, 또 결과를 바꿀 수 있다는 사실이 얼마나 놀라운지 모른다. 오랫동안 방송에 참여해 오며, 도움이 필요한 학생이나 학부모분들에게 이런 기회를 제공할 수 있다는 게 좋았다.

게다가 청취자분들이 보내주시는 의견 중에서 가장 인상 깊었던 것은 방송을 통해 아트에 대한 인식이 바뀌었다는 것이었다. 예전에는 아트를 생각하면 왠지 모를 거리감이 느껴진다는 의견이 많았다. 분야 역시 페인팅이나 3D 스크럽처가 전부인 줄 아는 분들이 있다. 그러나 라디오를 통해 청취자는 컨템포러리아트에 대한 이해와 가능성을 배우며, 유명 미술관에 작품을 관람하러 가거나 주변인들에게 미술품을 추천하기도 한다.

컨템포러리아트는 과거에 중요하게 생각되던 미술 기준에서 벗어나, 작가가 스스로 정의하는 개념이나 세계관이 작품에 반영된 것으로 이해하면 쉽다. 청취자들의 심도 있는 이해를 위해 나는 종종 그들 중 몇몇을 인아트 학생 전시회에 초대하기도 한다.

이처럼 나는 대중과 아트의 거리감을 줄이고, 일상의 영역으로 가져올 수 있음에 감사하다. 내게 주어진 기회를 현명하게 활용해 아트에 대한 인식을 바꾸고, 세상을 아트로 아름답게 물들이고만 싶다.

| 갤러리 CLU 전시

인아트,
유튜브 채널에 진출하다

    오랫동안 인아트를 운영하며 다양한 학생을 마주한다. 그들의 열정 가득한 눈을 보고 있자면 내가 저 학생의 꿈을 이루는 데 도움을 주고 싶다는 마음과 단단한 뿌리가 되어주고 싶다는 생각이 공존한다. 무한한 잠재력을 갖춘 나이이기에 지금의 시기가 굉장히 중요하다는 것을 알기 때문이다. 그러던 중, 더 많은 학생에게 꼭 필요한 정보를 주고 싶다는 생각으로 유튜브를 시작하게 되었다. 한참 코로나 시국이 심했을 때는 직접 대면 정보를 얻기가 어려운 상황이었고, 공간적, 시간적 제약을 극복할 수 있는 유튜브라는 매개체가 답이 될 수 있다고 느꼈기 때문이었다.

사실 미국 내에 있는 학생들은 추천을 통해 인아트에 오는 경우가 있지만, 아무런 연결고리가 없는 한국 학생 더 나아가 외국 학생의 경우 미국 입시정보를 얻기가 더욱 막막하다.

좋은 의도로 시작했음에도 처음엔 새로운 시도를 하려니 막막함이 앞섰다. 그러나 인아트의 규모가 커지고, 내게 요구되는 역할이 많아짐에 따라 꼭 해야 할 일이라는 생각이 들었다. 생각만 하던 것을 구현하려는 데는 큰 용기와 실행력이 필요하다.

다짐한 뒤 격주로 미국 미술대학에서 요구하는 원서와 포트폴리오 작성법, 아이비리그 학교의 특장점 등을 주제로 내세워 영상을 만들었다. 각각의 대학마다 요구하는 원서와 포트폴리오에 대한 정보를 정리하고, 입시 준비 팁이나 합격 사례를 공유하며 생생한 정보를 제공했다.

특히 학생 홀로 미대 입시를 준비하는 경우 외부 활동이나 이력서, 입시 요강에 대한 정보를 얻을 수 있는 정보가 극히 드문데, 인아트 공식 계정에서는 입시 핵심만 정리해 보여주다 보니 인기가 꽤 많은 편이다.

유튜브 채널을 시작한 뒤로 얻는 가장 큰 변화는 예전에는 LA 내 로컬 중심의 인아트였지만, 현재는 미국 전역뿐 아니라 세계 각국에서 문의가 오고 있다는 것이다. 한국은 가장 많은 문의가 오는 곳이며, 중국, 인도네시아, 필리핀, 싱가포르, 캐나다, 호주, 유럽 등 다양한 곳에서 시시때때로 입시 문의가 온다.

온라인상으로만 포트폴리오를 진행하는 데는 물론 한계가 있지만, 유튜브 채널을 통해 연락이 오는 모든 분들을 위해 계속 고민하고, 가장 효율적인 방법을 제안하고 있다. 아트에 열정과 뜻이 있다면, 학생이 어디에 있든 어떠한 방식으로든 도와주고 싶다는 마음뿐이다. 더 나아가 인아트를 더욱 발전시켜, 지역의 한계를 극복해서 어디서든지 따라 할 수 있는 체계적인 시스템을 구축하고 싶다.

인아트 스쿨 TV - Inart School TV

@tv-inartschooltv3317 · 구독자 991명 · 동영상 80개

InArt School, 명문대로 가는 지름길! >

구독

홈　**동영상**　Shorts　재생목록　커뮤니티　🔍

최신순　**인기순**　날짜순

⭐ 종합 대학이나 아트 컬리지나, 그것
이 문제로다 ⭐ 미국 미대 진학의 두…

조회수 5.8천회 · 2년 전

[미국대학] 부모님에 의해 만들어져서
빼곡하게 채워진 이력서, 입시에 도움…

조회수 4.4천회 · 4개월 전

아이비 리그, 명문대 포트폴리오 EP. 1 -
스탠퍼드 & 예일

조회수 4천회 · 2년 전

| 인아트 유튜브 채널

아트 지도의 어려움,
목적의 중요성

　전 세계적으로 미술시장이 팽창하며, 아트에 대한 일반인들의 관심 또한 늘어나는 추세다. 과거엔 아트가 난해하거나 어려운 분야라고만 취급했다면, 아트의 대중화, IT, 패션 등 다양한 분야로의 진출을 통해 미술계가 질적으로 성장했음이 자명하다. 그럼에도 나는 아직도 아트가 쉽지 않다는 생각이 든다. 다른 학문에 비해 정답이 없기에 더 힘들고, 인정받기 어렵기 때문이다.

　무수한 학부모 상담을 진행하며 큰 어려움을 겪는 사례들이 있다. 첫 번째는 '아트를 공부가 안 되면 시키는 대안책' 정도로 생각

하는 분들이다. 아트는 분명한 열정과 노력, 그리고 재능이 뒷받침
되어야 하는 어려운 분야인데 자녀가 공부를 잘 안 한다는 이유로
선택하는 도피처가 되어선 안 된다. 무수한 시간과 노력, 그리고
확실한 동기부여가 바탕이 되어야 그 힘든 길을 꿋꿋하게 걸어갈
수 있기 때문이다. 아트를 쉽게 선택하기보다는 이 분야에 대한 자
녀의 흥미나 재능이 있는지를 확실하게 파악하고, 진중한 마음으
로 선택하는 일이 필요하다.

두 번째 사례는 일부 부모님 중 입시 결과에 대한 과도한 욕심으
로 학생의 생각이나 의견은 무시한 채 독단적으로 진행을 원하는
경우다. 대학 진학에서는 물론 부모님의 희망도 중요하지만, 학생
들의 의견이 가장 존중되어야 한다. 수단과 방법을 가리지 않고 본
인의 희망 대학을 주입시킨다면, 결코 좋은 결과를 낳을 수 없다.
마치 자녀를 본인의 소유물로 생각해 과도한 압박을 준다면, 그 부
담감에서 아이는 쉽게 헤어 나오지 못하고 본래의 재능도 잘 발휘
하지 못하기 때문이다.

세 번째, 일부 학부모님 중 아이의 페인팅, 드로잉 스킬만을 보고
재능이 있다고 판단하는 경우다. 이는 마치 기초 산수, 예를 들어
덧셈, 곱셈, 나눗셈 등에 능하다고 해서 수학 영재라고 판단하는
것과 마찬가지다.

현재 입시 미술에서 가장 중요한 것은 내 생각을 작품에 표현해
내고, 명료한 주제 의식을 보여주는 것이다. 저학년일 때는 반복적

인 스킬 연마보다는 자녀가 다양하게 사고할 수 있도록 곁에서 도와주고, 자신의 의견이나 통찰력을 적극적으로 표현할 수 있도록 해야 한다. 여행, 음악 감상, 교외활동 등 다채로운 경험이 이를 가능하게 한다.

뒤돌아보면 아트를 지도하며 숱한 어려움과 자괴감이 들었던 때도 있었다. 나는 대학 입시라는 길목에서 학생의 잠재력과 강점을 끌어내 가장 최선의 결과를 내는 데 도움을 주는 사람일 뿐 학생을 닦달하며 무조건 목표만 달성하도록 채찍질하는 사람이 아니다. 본인의 아무런 의지나 개성 없이 그저 커리큘럼을 따라 한다고 해서 유수 대학 합격이 보장되지는 않는다. 이러한 경험에 따라 내가 인아트에서 강조하는 점은 바로 아트의 목적을 어디에 둘 것이냐는 것이다.

급변하는 사회 속 젊은 작가로서 작품에 다양한 이데올로기를 담아내고, 그 다양함이 미술관, 연구실, 경매장, 작업실, 갤러리 등에서 동시대 미술을 어떻게 이끌어 가고 있는지를 밝혀야 한다. 이를 위해 인아트에서는 학생 개인전, 그룹전 등 매년 전시를 실시하고 스스로 성장할 수 있는 기회를 마련한다.

그리고 앞서간 선배들의 성공 로드맵을 보여주며, 그들의 동기부여를 이끈다. 숱한 어려움에도 포기하지 않을 수 있었던 이유는 순전히 이런 나의 뜻을 이해하고, 성실히 따라와 준 제자들 덕분이다. 각계각층에 진출해 미국 주류 사회에서 큰일을 하는 제자를 보며 더욱 성실한 지도자가 되어야겠다는 생각이 든다. 아트로 세상을 바꾸고 싶다는 더 큰 꿈을 꾸게 된다.

시선의 차이가 만드는 결과의 차이

인아트를 찾아오는 학생들에게 나는 세 가지 시선을 강조한다. 첫 번째, 나는 자주 학생들에게 스스로 탐구하고, 주변을 살피라는 조언을 한다. 결과물의 차이를 만드는 것은 아주 사소한 것에 있다. 우리는 모두 눈이라는 신체 기관을 통해 우리 앞의 풍경을 보고, 사람을 마주하며 상황을 이해하지 않는가. 그러나 이를 해석하는 방법은 모두 갖가지다. 특히 미국의 미술대학 입시에서 중요한 것은 차별화된 시선이다.

익숙하게 생각했던 것을 비틀어서 생각하는 것, 질문을 던지고 미묘한 변화를 포착해 내는 능력을 키운다면 분명 세상을 놀라게 할 작품을 만들 수 있다. 이를 위해서는 먼저 나를 알고, 탐구하는 과정이 필요하다. 본인의 관심사는 어떤지, 어떤 동기로 미술을 하고, 왜 목표 대학을 가고 싶은지 이유가 명확해야 한다. 학생 각각과 깊이 있는 대화를 하며 이에 대한 이유를 끌어내는 데 집중하고, 부모나 상황과 같은 외부적 요인이 주가 아닌 본인의 마음에서 원동력이 만들어져야 한다.

두 번째, 작업물에 주인의식을 가지는 것이다. 주입식 교육에 익숙한 학생의 경우 정해진 포트폴리오를 따라만 가려는 학생들이 있다. 그러나 입시 선생님이 알려주는 로드맵대로만 해서는 입학은 할 수 있을지 몰라도, 졸업 더 나아가 아트 전공자로서의 사회 진출도 쉽지 않다. 작업물에 대한 주인의식으로 개선점을 파악하고, 새로운 시도를 하는 데 두려움이 없어야 한다.

세 번째, 장기적인 목표를 잡는 것이다. 물론 대학 입시가 당장 코앞에 있는 목표일 수는 있겠지만, 더 나아가 큰 목표를 잡는다면 지금의 어려움을 극복할 수 있는 동기가 되어준다. 졸업 후 가고 싶은 회사나, 나만의 아트 디자인 브랜드, 개인전 개최 등이 될 수 있겠다. 누군가의 압박이 아닌, 내가 주가 되었을 때 이룰 수 있는 결과의 폭이 더욱 클 것이다.

인아트 지도자로서 나는 이렇게 차별화된 시선을 강조하며, 아이들 각자의 상황에서 최상의 결과를 낼 수 있게 한다. 사소한 시선의 변화, 작은 습관이 하루하루 쌓이다 보면 어느새 큰 변화가 만들어지기 때문이다. 교육은 세기를 지나야 비로소 그 위대함과 결과를 가늠할 수 있다는 말이 있다. 황량한 벌판에 씨앗을 심는 마음처럼 지금 당장은 결과가 보이지 않더라도 힘이 닿는 한 미술 교육을 지속해 나갈 계획이다.

| 아트에 열중하는 학생들

세대를 아우르는
아트, 또 다른 꿈

- Inart University

지금에서야 웃으며 이야기할 수 있지만 인아트를 운영하며 늘 기쁜 일만 있었던 것은 아니다. 힘든 일은 한꺼번에 온다는 말처럼 개인적으로 힘든 시기도 분명 있었다. 학원 운영이 매우 바쁘던 시기, 2016년엔 친정아버지께서 작고하시는 아픔을 겪어야 했다. 엎친 데 덮친 격으로 정신적으로 의지했던 딸 스텔라가 대학원 진학을 위해 보스턴으로 가게 되었다. 더욱이 함께 오래 근무했던, 실력 있는 디렉터 역시 결혼과 출산으로 인아트를 떠나야만 했다. 안 그래도 힘에 부쳐 있던 상황에서 믿고 의지했던 이들이 떠나며 마음은 이루 말할 수 없이 공허했다.

당시 고독한 시기를 겪으며 분명 힘들었지만, 생각을 바꿔 내적으로 성숙해지는 시간으로 삼기로 했다. 아무리 힘들어도 쉬이 포기할 수 없었던 이유는 나를 믿고 의지하는 수많은 사람과 스승이라 칭해주는 멋진 제자들이 매년 곁을 채워주었기 때문이었다.

더욱이 꿈을 이뤄나가며 지도자로서의 사명과 책임감 역시 나를 지탱해 주었다. 어느 정도 시간이 흐르자 마침 대학원을 졸업한 딸, 스텔라가 다시 학원으로 돌아와 주었다. 선생님으로 진로를 시작할 수 있었음에도 나의 부탁에 대번에 응해준 것이었다.

성격적으로 맞지 않았을 일임에도 최선을 다해 디렉터 역할을 해준 딸에게 정말 고마웠다. 특히 스텔라는 UCLA에서 파인아트를 전공하고, 보스턴대학에서 아트 교육 석사 학위를 수료했기에 인아트에서 좀 더 체계적인 교육 프로그램을 구축해 낼 수 있었다.

딸의 도움은 내게 의미가 더욱 남달랐는데, 미국에서 태어나고 자라난 2세의 참여로 인아트가 더욱 성장할 수 있었기 때문이었다. 스텔라는 현지 학생들의 입장을 누구보다 공감하고, 어떻게 잠재력을 끌어낼 수 있을지에 대한 개개인별 진단에 탁월했다. 그녀 덕분에 인아트가 입시 미술계에서 더욱 확고히 자리 잡을 수 있었다.

이후 각 지점에 유능한 부원장님을 모실 수 있었고, 그들의 열성적인 지지와 도움으로 운영에 박차를 가해왔다. 이 경험을 통해 힘든 일 끝에는 더 큰 성장과 발전이 온다는 것을 다시 느꼈고, 단단한 내면을 가꾸어 나가는 계기가 되었다.

세대를 아울러 인아트를 운영하며 나는 스텔라와 또 다른 계획을 세우고 있다. 오래 미술 교육에 종사하다 보니 현재 아이들을 최고 대학에 진학시키는 것도 중요하지만, 시대에 맞춘 인재를 직접 양성해 나가고 싶다는 생각이 들었기 때문이다. 물론 교육재단을 만드는 것이 쉬운 일이 아니기에, 시간적, 경제적으로 많이 소요되리라는 것을 안다. 그러나 더 큰 목표를 위해 힘들더라도 꼭 해내고 싶다.

현재는 첫 단계인 학교 재단을 만들어 주 정부와 연방정부의 허가를 받기 위해 준비 중인 상태다. 미국에서는 프로그램에 따라 당위성과 목적성이 인정된다면 대학 허가를 내어준다. 이를 위해 체계적인 학위, 커리큘럼을 제작 중이다. 물론 바로 열매를 맺을 수는 없겠지만 씨를 뿌리는 마음으로 차근히 준비하고 있다.

모든 일은 처음엔 막막하다. 그러나 평범한 가정주부였던 내가 20년 이상 인아트를 키웠던 것처럼, 인내와 끈기를 더해 또 다른 목표인 Inart University를 이뤄내고 싶다. 성경 구절인 「빌립보서」 3:14절에 나오는 것처럼 "주시는 능력 안에서 해낼 수 있을 것이다"를 마음에 새긴 채 한 땀 한 땀 이뤄나가고 싶다.

아트는
또 다른 나

1967년 한국에서 태어나 57년이 지난 지금, 뒤돌아보면 하루라도 아트를 생각하지 않은 적이 없었다. 어린 시절 아트는 내게 부정적인 감정에서 벗어날 수 있는 유일한 돌파구였으며, 세상 속 나의 존재 가치를 발견할 수 있었던 확실한 동기였다. 학벌과 부정적인 상황에 대한 열등감으로 스스로 몰아넣었던 시절에서도 아트의 희망과 열정을 통해 다시 세상 밖으로 나올 수 있었다.

신이 내게 주신 이 재능을 어떻게 쓰면 좋을지 늘 고민만 해왔는데, 골똘히 궁리하며 도전하니 분명 길이 보였다. 처음 미국으로 이민을 와서 작은 책상 하나를 두고 학생들에게 아트를 가르쳤던 순간이 생각난다. 제자가 스승보다 더 잘되어 좋은 대학에 진학해,

안정된 직업을 갖추고, 미술계에서 활약하는 인재가 되는 모습을 보는 것이 무척 행복했다.

처음 작은 성공은 또 다른 성공을 낳고 계속해서 내가 발전하는 원동력이 되어주었다. 매년 아트와 함께 성장하는 학생들을 볼 때마다 친자식을 키우는 것처럼 절실하고 뿌듯하다.

나는 아트를 단순히 대학 입시를 위한 일차원적 도구로 생각하기보다 훌륭한 차세대 리더가 되는 발판이자, 세상을 이롭게 만드는 힘이라 본다. 얼마 전 처음으로 손자를 보았다. 처음 만나는 손자는 내게 경이롭고 다채로운 감정을 선물해 주었다. 뽀얗고 말캉한 아이의 볼과 반짝이는 눈을 보니 자연스레 손자가 사는 세상이 지금보다 더 밝고 아름다운 세상이 되기를 꿈꾸게 되었다. 그리고 이런 나의 소망이 아트를 통해 분명 실현되리라 확신한다.

아무것도 아니었던 내가 감히 미래를 움직일 차세대 리더를 양성하고, 이끈다는 생각만으로도 가슴 떨리고 행복하다. 할 수 있는 한 최선을 다해 학생들을 지도하고, 아트로 세상을 바꾸는 것. 그것이 나의 유일한 꿈이자 희망이니.

아트로
세상을
바꾸다

초판 1쇄 발행 2024. 7. 5.

지은이 배예리
펴낸이 김병호
펴낸곳 주식회사 바른북스

편집진행 박하연
디자인 한채린

등록 2019년 4월 3일 제2019-000040호
주소 서울시 성동구 연무장5길 9-16, 301호 (성수동2가, 블루스톤타워)
대표전화 070-7857-9719 | **경영지원** 02-3409-9719 | **팩스** 070-7610-9820

•바른북스는 여러분의 다양한 아이디어와 원고 투고를 설레는 마음으로 기다리고 있습니다.

이메일 barunbooks21@naver.com | **원고투고** barunbooks21@naver.com
홈페이지 www.barunbooks.com | **공식 블로그** blog.naver.com/barunbooks7
공식 포스트 post.naver.com/barunbooks7 | **페이스북** facebook.com/barunbooks7

ⓒ 배예리, 2024
ISBN 979-11-7263-058-4 03810